# 我的作家之梦

沈世豪 —— 著

作家出版社

作者像

# | 目 录

# 小 引

## 自我简介

我是福建浦城人。中国作家协会会员。1968 年毕业于厦门大学中文系。曾任江西师范大学中文系副主任、教授，厦门教育学院副院长、教授，厦门城市学院教授（2 级）。有《中国有个毛泽东》《毛泽东在闽西》《陈景润传》《圳边村纪事》《亚细亚的太阳》等 35 部专著和长篇作品以及 1500 余篇短篇作品正式出版。在央视以及省市电视台播出的纪录片 30 多部。系享受国务院颁发的政府特殊津贴的有突出贡献的专家、福建省优秀专家、厦门市拔尖技术人才、全国优秀教师，获全国第四届"五个一工程"奖、第十一届中国图书奖、全国第五届青年读物一等奖和二等奖、全国城市题材电视纪录片"金牛奖"等全国奖项。多篇作品被选入全国和省市中小学语文读本。

从教 46 年，大部分时间在高校任教。严格来说，我是个业余作家。我是怎么走来的？我的经历富有太多的传奇色彩，回首走过的人生道路，我是个幸运者。或许，我的作家之梦，对我同时代的人们以及后来者，具有某种欣赏价值和启迪意义。

# 第一章

## 大山之子

故乡，是成就一个作家的生命之源、之根、之本；正如人们所云：你走得再远，也走不出故乡的炊烟。

## 圳边村：孕育作家的理想摇篮

我是从大山里走出来的。圳边村是我出生的地方，生我养我的家园，也是我首要的创作之源，更是养育作家的理想摇篮。

该村位于福建武夷山脉和浙江戴云山脉的交界处。是个畲族村落，但畲族人并不多，不到全村总人口的20%。四周山高林密。值得骄傲的是水。且不说村前清凌凌的山溪，终年碧绿如玉，看一眼也

圳边村口风景

让人心醉。不知从什么年代开始，村里就修了一个古老的引水工程，那就是被称为村庄标志的水圳。从山溪的上游，这条水圳穿山越岭，引来鲜活的溪水，流经村中。山里的祖辈是不乏智商的，为了防止污染，水圳绝大部分是暗渠，上面铺着麻石，只有到每家门前，才开了个石埠头，露出一段玉露似的水。因此，户户水响，枕着清波入梦，成了最美的一道风景。

似水柔情，有了水就有了鲜活的诗意；而雄奇险峻的山，则更像人的精神，有了山，就有刚正不阿挺直的脊梁。山和水的交响，成就了圳边村的凛然正气和风骨。

正对着圳边村，是一座名叫观音尖的山，海拔 1000 多米。天下叫观音山的不少，但叫观音尖的却鲜见。观音尖酷似端坐的一尊天下最大的观音，仪态从容、端庄，飘溢着祥瑞之气。观音是大慈大悲的菩萨，坊间百姓心中特别神圣和敬畏的女神。我虽不信佛，但少年时代，常坐在我家的晒楼上读书，面对着几乎伸手可触的观音尖，总觉得有双慈爱的眼睛始终在注视着我，丝毫不敢懈怠。人与佛可以相通吗？佛曰："心中若有佛，人人皆是佛；常怀慈悲心，人人皆可度。"佛其实就在人人心中，就像观音尖在我心里一样。

名声最大的还是匡山。此山在圳边村西侧的斜对面，直线距离不到 2000 米，乡亲们称之为"天山斗"。因"四周奋起，而中窊下，形似匡庐"而得名。它是元末明初刘伯温等人隐居的地方。刘伯温是浙江青田人，老家离匡山只有几十里，有蜿蜒的山间小径相通。在普通老百姓的心目中，他是和诸葛亮般神一样的人物，传说他能上知五百年天文地理，下卜五百年的人世命运。元朝末年，当政者请他入朝维持残局，他早已料到该朝气数已尽，于是，躲进匡山当起了隐士。其时，同住匡山的隐居人物还有宋濂、叶琛等名士，因为他们都是浙江南部人，又称"匡山四贤"，后来，他们一起走出匡山，辅助朱元璋打天下，成就了一番惊天动地的伟业，成为明朝的开国元勋。据传，他们在隐居匡山期间，多次到圳边村一带走走。或许，正因为有此遗风，圳边村文化积淀很是丰富，有著名的沈氏宗祠，私塾、茶灯戏等，让人感到惊奇的是，此地的方言是浙江龙泉腔，但一般都会讲普通话，老百姓调侃为"打官腔"。

耕读传家，是这一山区的优秀传统。圳边村读书的风气特别浓。早在上世纪的八十年代后期，一个山村居然出了100多个大中专学生，被《福建日报》记者发现，专门报道出去，饮誉八闽大地，得了"秀才村"的美誉。我是该村的人，当然深知其中缘由：除了独特的优美自然环境，关键的是村风好。走进每一户农家，即使是贫穷的农户，也有一个专供孩子念书的书房。

有了文化，乡亲们的眼界就不一样。后来，村里不少乡亲借改革开放的大潮勇敢地走出去，他们组团奔赴上海浦东参与大开

初小毕业照

发，走上自主创业、商业经营的道路，大多数成为人们羡慕的大小老板，有了钱的村民，第一件大事就是盖新房。他们纷纷在村前的公路两侧盖起了别墅式的小楼，而且一幢比一幢漂亮。短短的几年时间，原来有数百户人家居住的古村落，无奈地凋敝了。那条值得骄傲的水圳依旧，但基本上已经失去了功能，流水依旧低吟浅唱，细细品去，很像是进入暮年老人的唠叨了。最令人感叹的是村中的老屋，其中有座像闽西土楼一样恢宏的雷厝，以前曾住过20多户人家，现在只剩下一家人了。楼内精美的木雕，也被前来搜集古迹的商贩廉价地买下撬走。雷厝成为一座满目疮痍的空楼。从"秀才村"到"老板村"，从古村落到现代化新村，就像一首跌宕回旋的咏叹调，在这片古老而现代的土地上回荡。圳边村是时代变迁的一个缩影。

这个古村落，有700多年的历史，全村526户人家，2000多人口，包括10多个自然村，是坳上最大的村庄。山水俱佳，又有文化，在时代的大潮中，各色人等都有。发生在他们身上有太多闻所未闻的故事乃至传奇，这成为我从事文学创作极为难得的素材。

朱熹诗云："问渠那得清如许，为有源头活水来。"圳边村，就是我创作的源头，细看该村的方方面面，人们可以发现，这个隐藏在大山深处的村庄，不愧是孕育作家的摇篮。

## 父母的教育方法

我家在农村，但并非纯粹的农家。

我的祖父是乡间小有名气的中医，擅长骨科，在我出生前就去世了。从他手上盖起来的祖屋来看，家境并不差。或许，是医术不错，又有名声，赚了一些钱。便约了同村的其他四个

父母合影

人，收购了一大批当地的土特产——厚朴，他们从水路将这批厚朴运到广州准备出口，奢望大赚一笔。结果，还没有卸货，深夜时分，不知什么原因，船突然沉了！我祖父有点武功，身手比较敏捷，紧急之中，从舱里跳出，爬上桅杆，捡了一条命。其余四人，全淹死了。一船厚朴，也沉到海底，血本无归。

经过这场意外的灾难，祖父就再也没有兴趣和精神干活了，不久，又染上鸦片，把家里的田产全部抽光了。父亲对我说，如果不是这次意外，我们家在土改时肯定会被划为地主成分的，我就不要想上大学了。这正如老子在《道德经》

中所云"祸兮福所倚，福兮祸所伏"，我算是因祸得福了。

我的父亲沈明是个小学教师，毕业于建阳师范，毕业后，先在离圳边不到3里的前洋小学教书，首届毕业生只有8个人。新中国成立前夕，他失业了，不得不去做点小生意，因此，我家的成分是小贩。新中国成立以后，他重操旧业，依然教小学。按照规定，他不能在本村教学，分配到离家10多华里比圳边更为偏僻的山路乡里源小学任教。从山路乡进去，没有公路，只有山间小路，于是，他买了一辆自行车，骑车去上班，一般只到周六回来，周一一早就骑车到里源小学。因为太偏僻，我没有去过他教书的地方，但知道那是著名的板栗之乡，板栗收成的时候，他经常买些板栗回来让我们解馋。

父亲写得一手好字，他学的是柳体，清秀、儒雅，有点像他的人，还会画几笔国画，画得最好的是兰花。他还爱种花木，也不知从哪里学来的，居然有一手不同寻常的嫁接技术，能够进行难度很高的芽接。他手巧，把我家的后山以及房前屋后，都料理得花木锦绣，洋溢着迷人的诗画情趣。

我是长子，对于我的教育，他当然不会怠慢，他的教育方式，和现代的家长完全不一样，走的是充分给我自由和空间的思路。我念低年级的时候，他给订了《儿童时代》杂志，后来，我读小学四年级了，给我改订了《少年文艺》《中国少年报》，家中藏书不多，有古典诗词，一套完整的印度童话，古典小说《西游记》《洪秀全》，一本绣图《千字文》等，还有些书，被他带到工作单位去了。对于功课，他几乎从不过问，只是经常带些其他学校的试卷给我做，也叫邻近和我同年级的学生一起来做，有语文，也有算术，做完，他当场批改，进行讲评，如此而已。在我的感觉中，读书是很轻松的事情。

我十分珍惜父亲给我订的杂志和报纸，每一篇作品我都认真阅读，父亲却很少叫我谈阅读体会，更不要说写读书笔记了。我遵照他的嘱咐，把读

我和父亲在庐山合影

过的杂志报纸整整齐齐地整理好，不时也翻开来看看。其他时间，除了上山砍柴、到菜园里劳动，就是玩。农村孩子玩的内容同样丰富多彩。父亲从来也不会来管这些闲事。

父亲为人善良、谦和，而且乐于助人。圳边村出了那么多大中专学生，他功不可没。因为，他后来调到县师范学校工作，为了让我的妹妹享受"补员"政策，提前退休，退休后应我的母校浦城一中的聘请，到那里负责全校的绿化、美化工作，因此，认识了浦城教育界的许多领导以及同行。于是，利用这种关系，把圳边村的孩子，一批批推荐到各所中学读书。成绩最好的推荐到浦城一中，成绩稍差的则推荐到万安中学等学校。这些孩子，不负厚望，也一批批考上大学或中专学校，走出了山区。

用现代的教育观念来看，父亲的教育方法，在进行适当的引导和督查的情况下，基本上是无为而治，让我自由发展。没有任何苛求。他给我最大的影响，不是学识，而是做人、为人。他一生兢兢业业、忠于职守，克勤克俭、热爱生活，尽最大的力量，帮助他人。他很平凡且有点卑微，但同样活得有滋有味，他把自己的人生以及微薄的能力，发挥到力所能及的美好境界。从他的身上，我学会了做人、为人，这是他留给我最为宝贵的财富吧。

母亲是浦城县城人。家境不错。有独立的老屋，屋后还有菜园和一口小小鱼塘。独女，可谓是外祖父的掌上明珠。母亲告诉我，她到 12 岁才争取到去念小学的机会。不让她上学的理由，居然是外祖父看到周围有好几户人家的女孩子，念了书以后，都去参加"革命"了，因此，成天把母亲看守在家里，怕她也飞了出去。

我的父母亲是自由恋爱结婚的，开始，外祖父坚决不同意，后来，经不起我母亲的恳求，还是答应了。乡亲得知我父亲娶到一个城里的姑娘，非常高兴。当时没有公路，进城只好走山间小路，我父母结婚的时候，村里派出了一支由青壮年组成的迎亲队伍，头一天就抬着花轿、敲锣打鼓赶到县城，第二天整整走了一天。我母亲说，她怕累了乡亲，只有到有村庄的地方，才坐进轿子，其他地方，她都自己下来徒步行走。

嫁到农村的母亲，居然很快就适应了山村的生活。首先是语言，城里讲的是福建方言"浦城腔"，我老家讲的是浙江的"龙泉腔"。她很快就学会了当地的方言，能够讲一口流利的"龙泉腔"。其次，我父亲家是个大家，当时，还没有分家，有十多口人，农家烧的是"老虎灶"，妯娌们轮流烧饭，她也很快融入其中。按照常理，城里的独生女是比较娇气的，但我从能够记忆的时候起，母亲从来不娇气。她和一般农妇不一样的地方，就是特别爱干净。小时候，几乎每天都要抓我们洗澡。家里也被她打理得井井有条，尤其是我父亲和伯父分家以后，更是如此。

小时候，我曾经和母亲一起上山砍柴。城里人烧的是茅草和荆棘一类的东西，山里人烧的可是清一色的胳膊粗的木柴。因此，母亲置身到处是森林的大山之中，感到非常新奇。当时，砍柴的人们主要是寻找树林中的枯木，因为这种木头干燥、分量也比较轻，母亲却顾不了这么多，她寻找的是别人砍柴时丢弃的枝丫和干枯的竹枝，因为，就城里人的目光，这些就是宝贝了。

父亲工资不高，一直到我 1963 年考上大学时，月薪只有39.5 元，但因为母亲勤劳操持，家里的生活还是不错的。菜是自己种的，柴火是自己上山砍的，不用花钱，邻居和村里的乡亲有时需要急用钱，也往往到我们家借。印象之中，来借的人，最多只借 5 元，也有借 1—2 元的，山民朴实，有借有还，从来没有看到母亲为此事烦恼过。不像现代时髦的人们，如余光中先生在《借钱的境界》中所论的，借钱就是抢钱，借去的钱是很少可以拿回来的。

父母的感情很好，从来没有听到他们大声争吵，父亲一副好脾气，总是让着性子有点急的母亲。我们兄弟四人，连同两个妹妹，祖母生前随我们生活，如此沉重的负担，主要靠父亲一个人微薄的工资支撑，全赖父母苦心经营。在这样的家庭成长，我从小就懂得生活的艰辛，虽然没有想到以后要当作家，但决心好好读书，考上大学，走出这个山村。

## 免费的家庭教师

圳边村在新中国成立前没有学校，只有一家私塾，学生也很少。如果要念现代小学，就要到前洋小学去。1952年秋，圳边小学终于成立了，校址就设在沈氏宗祠，我是这所小学的第一批学生。当时只有一个老师，叫房桑凤，是浦城著名生物学家房建子的女儿，我叫她婶婶。她喜欢穿旗袍，至今，我依然清楚地记得她教我们唱《白毛女》中的"北风吹"和"二呀么二郎山"等歌曲。

沈氏宗祠是座颇具规模的古屋，历经200多年了，尽管落满沧桑，依然不乏卓尔不凡的风骨和气派。歇山式的砖砌门楼，上面有精美的雕塑。一脚踏进去，宽敞的通道两侧，左右两间耳房，每间可坐50个学生。迎面为石砌的天井，中间是石径，左边有棵丹桂，须两人合抱，树干黝黑色，满头树荫如华盖，绿得深沉厚重；右边是棵金桂，修长的树干，呈银灰色，高高地直冲云霄。待到中秋过后，两棵桂花，一红一黄，竞相开放。香味温馨、优雅，沁人肺腑。沿几级台阶而上，便是宽敞的大厅了，几排木柱，每根都有合抱之粗。雕梁画栋。大厅正面的木板墙，有老祖宗穿官袍的画像。板墙后面是窄窄的过道，靠最里面是长长的木桌，上面的祖宗祭祀牌，层层叠叠，数不清了。宗祠靠墙的两侧，皆是厢房，每间不大，但有 8 间。门前的广场，正好可以作为操场。因此，沈氏宗祠是理想的办学场所。

房老师是代课的，她后来怀孕要生孩子了，上级终于派来了一个正式的教师，叫林春槐，大约 20 岁出头，穿着一身当年时尚的灰色干部服，年轻、潇洒、帅气，很像派到村里的工作组。当时的学生大约只有 20 多个，林老师一人既教语文，又教数学，还要带我们做游戏。我最感兴趣的是跳"火车舞"，老师当火车头，我们一个个就成车厢了，一边唱，一边跳，很有意思。

林老师一来，我父亲就请他住在我家里，和我们一起吃饭。我从小就住书房，他和我同居一室。我们同睡在一张古老的宽大木床上，每人一床被子，一人睡一头。窗前的书桌，就全让给老师了。夜晚，没有电灯，一盏煤油灯，老师坐在中间改作业、备课，我就借光在一侧，做作业或看看书、杂志等。

有老师陪我读书，真是所有学生都无法享受到的特殊待遇。

时间久了，林老师几乎成了我们家庭一员。他是浦城忠信乡象洞村人，也是师范毕业的，懂得的东西太多了。他对我非常好，除了辅导我的学习以外，还给我讲了不少很有趣的故事。

给我影响很大的是他有一份《文汇报》。那个"汇"字，当时是繁体的，有一边是"匪"字，我还不认识，他耐心地给我解读。《文汇报》有个副刊，有诗歌、散文等短小的文章，我基本上可以全部读下来。这些写给成人看的作品，比父亲给我订的以图画为主的《儿童时代》深，也丰富多了。尊敬的林老师，给我打开了一扇全新的窗户。他非常喜欢我们这群孩子。数十年后，我有一次回到浦城，在街上遇到他，我立即认出他来了。当时，他已经退休，搬到城里来住了，他还记得我们许多同学的名字，一一问及他们的情况。

什么叫启蒙？林老师就是我启蒙老师之一。

林老师教了我两年，三年级时，他调走了。调来了季守诚老师。他是浦城县永兴人，年纪稍大，快40岁了，他来的时候，带了一座"罗马钟"，这是外国货，隔两天就要上一次发条，报时的声音很清脆、动听，他后来虽然调走了，但这架钟留给我们了。他的到来，使我们开始按照钟声生活，以前，我们都是看太阳估算时间的。

季老师懂的事情更多。他喜欢读书，喜欢文学，还带来不少文学方面的书籍，放在书房中的书橱里，特地嘱咐我，允许我随意翻阅。

他喜欢钓鱼。每次去钓鱼，我就准备好蚯蚓作为钓鱼的诱饵，并放置在一个小小的竹筒里。从我家后门出去，走200多米，就是山溪。溪畔是个古老的水碓，巨大的木轮日夜转动着，附近，便是山溪拐弯处，浓密的水柳下，有水潭，清澈如玉，深不见底。这里鱼多，且很容易上钩。季老师的一套钓鱼工具，是当时专业水平的，钓竿的抓手处，有轮子，可以放开线甩到比较远的地方，我的钓竿是自己做的，竹竿没有什么稀奇，钓线却是樟树虫的丝，用醋泡一阵，取出、晒干，又韧又牢固。我们两人，每次收获都不错。鱼不乏聪明，第二次去钓鱼，就需要换个地方。钓鱼时不能讲话，鱼听到就不会上钩，但我们钓完鱼，坐在草地上惬意地休息的时候，季老师就会津津有味地给我讲述他的经历、见闻，还有乡间的不少奇闻故事。或许，是受他的感染和熏陶，我从小就喜欢听故事，而且喜欢讲故事。文学创作是需要讲故事的，我的听故事、讲故事的嗜好，后来成为一大长处，得益于住在我家的老师。

圳边小学是初小，学生读到小学四年级，就要照毕业照，还有毕业证书。我第一次照相，就是照初小毕业照，现在还保存完好，可惜那张毕业证不知哪里去了。

佩服到圳边小学任教的老师，他们往往是一个人要教所有的课程，而且是多个年级，当时称"复式班"。这些老师吃住在我家的"传统"一直延续到上世纪六十年代末。我中学同班的两位女同学崔秀英、魏子青，高中毕业没有考上大学，分配到圳边小学当老师，就住在我家里，当时，我父亲调到圳边小学，和她们成为同事。

# 爱上了邹荻帆的诗歌

到小学四年级，我开始到处寻找书来阅读。

学校没有图书馆，住在我家的老师的文学方面的书都被我翻遍了。偶尔，父亲用自行车载着我到县城给外公、外婆拜年，我一头扎进县新华书店，里面的书立即把我迷住了。其实，这个书店并不大，在县城老街即城里人叫"后街"的一侧，只有一层。大部头的小说，我当时来不及翻，只翻到一本小册子，一看，是邹荻帆先生1954年出版的一本现代诗集《走向北方》。

穿过了滴绿的树林
与淡墨水的远山，
赭石色的大路上，
我们以沉重的脚步
走向北方。

北方是广阔的，
那些线条模糊的地
我们走近了，
更想望着
那更远的
萦在白云下

爬上青苔的古城，

以及插上瓦松的黑色的屋脊。

......

人是有缘分的，读者和作家也是有缘分的。不知什么原因，只是小学生的我，一读到这些诗句，立即被深深吸引住了。并非了解其中的诗意，而是被这种给人朦胧又清晰，空灵而实在的艺术感觉陶醉了。当时的书非常便宜，我口袋里恰好有点压岁钱，就毫不犹豫地买下来了。

我开始狂热地爱上了现代诗歌，读多了，心里就产生了深深浅浅的感动，居然不知天高地厚，写起现代诗歌来。小学生写诗包括写长篇小说，在今天已经不稀奇，当时的我，却有着一种冒天下之大不韪的感觉，怕被家长发现，也怕被和我同居一室的老师发现。我找一本作业本，把偷偷创作的现代诗写在那里，一本写完了，再换一本。一切都在秘密进行中，不敢给任何人看，只是自我欣赏。

这就是当时幼稚的我。

我感谢邹荻帆老师。是他的作品，启迪了我的文思尤其是诗情，实在没有想到，我后来居然有幸遇到他。这应是一页文坛佳话乃至传奇。

参加过各种笔会，印记最深的莫过于首届"长江笔会"了。

这次笔会由长江两岸九省市的中国作协分会联合发起、中国作协湖北分会主办。活动时间：1986年10月15日至30日，历时半个月。与会者有八九十人，名家云集、盛况空前。

大家乘坐"轻舟号"，由武汉逆水而上，沿途不仅旅游观光，而且深入大型厂矿企业采风，直到十堰市结束。当时，我是参会的年轻作家之一，参会的不少著名老作家，现在已经驾鹤西去。回首这段短暂却美好的日子，尤其是第一次和如此之多心仪已久的文坛老前辈零距离接触，思绪就像滚滚的长江水，穿越时空，奔流不息。

邹荻帆先生也参加了此次笔会。我第一次见到他，太意外也太激动了，我紧紧握住这位直接改变了我的人生命运的诗人的手，他中等个子，谦和、儒雅，听完我的故事，兴奋地笑了。我记得很清楚，他的笑容就像当地处处常见的木芙蓉。绿水红妆，清新、鲜艳、纤尘不染。过了一会儿，他才轻声地说道："这就是最美且耐人品味不绝的诗歌吧！"

他是湖北天门人。1917年5月出生在天门县城的邹姓木匠之家。据网上介绍，当时这个木匠喜添贵子，看着襁褓中可爱的孩子，望着门外西江中芦荻萋萋，远帆点点，似有所悟，为之取名荻帆，此名悠然婉约，本想把他培养成一名优秀的木匠，而邹荻帆在时代的浪潮中，却把自己打磨成一代蜚声文坛的诗人和翻译家。

人生如诗哟。


## 袁校长："我发现一个作家苗子"


初小毕业后，我和同学们到前洋小学读高小。

前洋以前叫高泉乡，村子虽然比不上圳边大，但社会影响、人文积淀比圳边高，村中两侧老屋，除了新中国成立前雷氏盖的雷厝，大多是泥墙、乌瓦的民居，落满沧桑，就像进入暮年的老人，默默地守望在风雨飘飞的岁月里，并没有什么奇特之处。而村中的夹道，却大不寻常，不仅是鹅卵石铺成的，而且很长、很长，从村前公路旁的田野中开始，穿过迤逦的村落，然后忽地一拐，绵延而去，最后消失在大山深处，足有五六里之遥。古诗云："南北东西去，苍茫万古尘。"就是这种古道的写照吧！当时，人们并不清楚这条已经斑驳陆离旧路的价值，直到多年前，文史专家经过认真考究，发现这条并不起眼的道路，居然是他们寻觅多年系起闽浙边界的古驿道遗址。于是，前洋就像大隐于民间的奇人，声名鹊起，成为有关部门拨款并下令重点保护的古村落了。

前洋有座天后宫，供的是妈祖娘娘，规模不小。整体建筑呈青灰色，高墙耸立，里面雕梁画栋，中间有广场，可容纳千人，还有戏台。妈祖是海神，据说是沿着前洋村前的那条河进来的。百姓都说妈祖娘娘很灵。上世纪的五十年代初，大旱时节，曾经有不少农民抬着妈祖娘娘去巡村求雨，场面很是热闹。后来，大破迷信，不兴此事，妈祖娘娘只好端坐宫中，默默地护佑苍生了。

驰名的匡山就在前洋村正对面，山下是高坊村。前洋和高坊中间是条大河，河上的木桥，足有200多米长。盛夏时节，村民喜欢坐在桥上乘凉，没有蚊子，两脚伸到桥下，头上漫天星星闪烁，脚下流水潺潺，桥和流水之间有点令人恐惧的高度，被弥漫的夜色消融了，我体验过，就像坐在浪漫迷蒙的夜空中一样，谈天说地，惬意至极。不知从哪里飞来的无数萤火虫，就像提着小灯的孩子，尽情地在我们身旁飞来飞去，这个诗意袅袅的镜头，让我回味不绝。

前洋小学是完小，设在供奉妈祖娘娘的天后宫里，天后宫显然比沈氏宗祠规模大多了。正殿后面有不少间厢房，光线好，而且宽阔，恰好做各年级的教室和老师的办公室以及校长、老师的宿舍、厨房等。该校学生多，老师也配备充足。从五年级开始，就是高小了，课目增添了体育、自然、手工劳动等。

校长袁义陞，富岭镇瑞安村人，个子不高，不到一米六，但长得壮实，很是精神，他丝毫不为自己天生的矮个子自惭形秽，而是自信而乐观地生活。

他的教学理念，比较现代，用今天的尺度来看，就是"快乐"两个字。他待人谦和，管理规范而且灵活，和师生的关系都很不错。他除了当校长，还上语文课。我上五年级、六年级的语文课，老师都是他。他学识渊博，课上得很好。

山里的孩子绝大多数没有进过县城。学校不远就是"龙浦公路"，即浙江的龙泉到浦城的交通线，但没有通车，因为新中国成立前夕国民党溃兵仓皇逃跑时，把沿途桥梁炸断了，当时还没有修好，公路成为农民晒谷子的晒场。有一天，袁校长突然在上课时宣布，他要带领五年级、六年级的学生进城去逛逛。这个消息，立即引起了全校的轰动。前洋到浦城县城正好35公里，这意味着进城的同学必须徒步跋涉，行吗？

袁校长在动员会上用诗一样的语言说道:"人生的道路就是用双脚走出来的,你们都是农村的孩子,从小就习惯爬山越岭,吃苦耐劳,练就了一双铁脚板,我看行!"这段话霎时把大家的情绪点燃了。

几天后,我们两个年级近百个同学,举着鲜红的队旗,在袁校长和老师的带领下终于走进城了,城里的学校组织师生到城外前来迎接我们,那是老城墙下的南浦溪的浮桥旁,热情的城里同学打着当时时髦的洋鼓,那醉人的鼓声立即驱散了我们的疲劳。这是一次激动人心的旅行,我们在县城参观、访问了几天。第一次看到电影,还观看拖拉机耕田,参观汽车修理厂、学校,还有当时保留得很好的古城风貌等。

袁校长不乏诗人的激情,但当时我还是不敢把我写的现代诗给他看,也不敢把狂热喜欢诗歌的秘密告诉他。当时,我除了喜欢邹荻帆的诗歌之外,艾青、郭小川、臧克家、田间等诗人的作品也进入我的视野。在班上,我的作文多次被袁校长拿去做范文,他在讲评中,曾经提到过,我的作文具有某种诗的意味,但我还是坚守心中的这个秘密。

1957 年夏,我小学毕业了。按照规定,进行毕业考试,有一门是作文,题目是《我的理想》,未来的前景,正如五彩云霞,徐徐在我面前展现出无比绚丽的异彩,突然,诗情在胸中涌起,我壮起胆子,问监考的袁校长,可以写诗吗? 袁校长毫不犹豫地回答:"当然可以!"于是,似乎有甜美的音乐旋律,在心中激荡,想象的翅膀一旦展开,神奇的意象就一个个扑面而来。我信马由缰,洋洋洒洒,写了一首长诗,有100多行。考试结束以后，袁校长特地把我叫进办公室，压低声音，悄悄地问我："不是抄来的吧？"我信誓旦旦地向他保证，完全是自己写的。他告诉我，这首诗文字精美，想象丰富，激情洋溢，又有韵律，的确是难得的好作品。

令我完全没有料到的是，袁校长拿着我的这张试卷，专程到了浦城县教育局找到局长，他兴奋地告诉局长："我发现了一个作家苗子。"请求把我保送到条件最好的省立浦城一中深造，得到了批准。因此，我得以保送到浦城一中学习。其他经考试被录取的同学，在浦城二中即仙阳中学就读。那是一所农村中学，相比较浦城一中，当然条件就差多了，而且离圳边村有百里之遥。

袁校长是第一个发现我的"伯乐"，他远去多年，我深深地感激和怀念他。

第二章

中学时代

中学是人生极为重要的奠基阶段，我的志向即作家梦就是此时萌发的。深深感谢母校浦城一中和林修文先生等恩师。

## 半座孔庙

据老一辈人说，全国有三座半真正的孔庙，浦城的孔庙就是那半座。至于其中原因，很少有人去深究。因为，孔庙是很神圣的，历来是中国人的精神殿堂；偏居闽北深山中的小城，不知从哪里修来的福气，能摊上半座，就知足了。

1957年9月，我被保送到浦城一中读书。第一次见到这半座孔庙，那种虔诚、肃穆的感觉，永世难忘。殿堂巍峨壮丽，供奉孔子的主殿，叫大成殿，几十根深红的柱子，根根均有俩人合抱之粗。规模之宏大，和今天曲阜孔子故里的大成殿，格局一模一样。最使我惊叹的是孔子塑像，深灰色，如拔地而起的巍巍一座山，矗立在高高的殿堂里，神态儒雅、慈祥。该孔庙是宋朝庆历年间（1041—1048年）建的。历经多年的苦心经营，才落成这片壮丽、辉煌的建筑群。

当时，浦城一中有1000多学生，当然，也有一些现代建

高三毕业时全班合影，前排右起第二人为本文作者。背景为孔庙。

筑，但孔庙是该校的标志和灵魂，源远流长的儒家文化，不仅是滋养中华民族精神的乳汁，而且也是中国传统教育博大精深的殿堂。孔子是古代伟大的思想家、教育家，孔子教育思想的核心是"育人"二字，烛照千秋，至今依然是现代教育的根本。孔庙的大成殿当时被作为阅览室，全国的主要杂志、报纸，陈列在四周。中间有长条桌椅，不少桌子上，有文学名著，固定在桌面上。可阅读但拿不走。厦门作家高云览先生的《小城春秋》，我就是坐在那里看完的。我深深被厦门的风光所吸引，乃至后来选择了在厦门大学读书和在厦门工作。

孔庙是读书的好地方。庙的四周有走廊，没有什么人，捧一本好书，自己搬条矮凳，端坐在走廊里读书，凉风习习，很快就进入书中的境界，感觉真好。

孔庙的背后是皇华山，长着几十棵数百年的老樟树，终日浓荫如泼，就像深邃的背景，更增添了孔庙的神秘和庄严。在莘莘学子的回望目光里，更像是如诗如幻的梦。

皇华山虽小，若论历史，可是浦城这座古城的文化标志之一。早在三国时期吴永安三年即公元260年，县改名为吴兴时，曾在这里设吴兴馆，到宋朝改为皇华馆。明正德十六年即公元1521年，儒学迁至山的东南侧。嘉靖十一年即1532年建尊经阁于山丘的北侧。1949年8月，省立浦城一中迁入此地。漫山的古树森森，恰如不凋的丰碑，镌刻着皇华山悠久厚重的历史和文化。浓密绿叶如华盖的树上，经常有无数的白鹭在那里歇息。浦城人称白鹭叫秋禽，全身雪白，仙风道骨，就像是天外飞来的谦谦君子。杜甫诗云："一行白鹭上青天。"唐朝的白鹭仿佛穿越风雨全飞到皇华山来了。

今日的皇华山，四面有围墙，从大门递级而上，浓荫中，静静地伫立着一尊孔子塑像，庄严、肃穆。遍地落叶，给人沧桑之感。环视左右，成环形的文化长廊，图文并茂，介绍中华儒家文化的源远流长。显然，此地已经成为颇有圣地韵味的文化公园了。

我喜欢写作，除了写好作文，也写点其他作品，作为练笔。我有个习惯，写好的文章，我会自己朗读多遍，而且要读出声来，感受其中的韵味，特别是语言的抑扬顿挫，以发现不当之处，进行修正。在皇华山对着老樟树读习作，就成为我的课外功课之一。莫道古树无言，在朗朗的声音中，就像向厚爱我的老师倾吐心声。读着、读着，依稀还有暖暖的亲切之情，如浪漫的岚影，在胸中飘飞，不久，便进入物我皆忘的境界了。

中学的教育和小学大不一样，1921 年成立的浦城一中，是省级重点学校，设备好，师资力量很强。从初一到高三，有太多的优秀老师对我们耳提面命，给我留下了极为深刻的印象。其中有物理老师黄兆民，代数老师黄上琪、季秉明，几何老师詹程方，化学老师徐炳模，外语老师季秉睿，生物老师叶永多，历史老师李克平，政治老师汪似椿等都是名师。其中汪似椿老师还是南下服务团的老战士。他去世之前，我在厦门见到他，还在一起吃了一餐饭。能够进入这样的中学读书，实在是我的幸运。我喜欢文学并在写作上有一定的特长，很快就被老师发现了。

## 恩师林修文先生

林修文老师是福建闽清人，新中国成立初期，他曾经参军入伍，而且是骁勇、浪漫的骑兵。后来又上了大学，他喜欢穿一条胯部宽宽的草绿色的军马裤。还能打一手篮球。他教语文，而且是我的班主任。人是有缘分的，他很快就看中了我的作文，因为，我在作文中经常写我熟悉并感兴趣的山村里的人和事，这和城里的同学不大一样。而且，我喜欢读

和恩师林修文老师合影

书，尤其是名家的作品，正因为如此，我的作文常常被林老师作为范文在全班朗读。每次听到老师读我的作文，那种美滋滋的感觉，比以后成为作家看到作品发表还好。

真应当感谢这位伯乐式的恩师哟！他后来居然自己刻钢板，把我的作文印成册，不仅发给同班同学参考，而且发到高年级的同学阅读。此事对于我，是何等之大的激励和鼓舞！当时，浦城一中有个办得很不错的墙报，图文并茂，叫《浦中青年》，就在金水桥一侧的路旁，很受师生的欢迎。此地古树成林，浓荫如泼，清幽、雅静。开始，林老师将我的作品推荐上去，发表了。看到自己的作品登上了墙报，有一种如后来在正规报刊上发表作品的感觉和喜悦。因为林老师搭桥，后来我便常去投稿，大多被采用，并得到好评。正因为有老师和浓郁校园文化的熏陶，才滋生了我的作家梦。

除了写好作文，我平时还会自己写点文章。写好了就送给林老师看，征求他的意见。对于我的业余创作，他总是极为认真审读，然后，约我到他的办公室，详细进行面改。有一回，我老家附近发生山火，地点就在刘伯温曾经隐居的匡山上面，我和村里的几位同学跟着乡亲连夜上山灭火。这是我第一次参加大型的灭火行动，那种惊心动魄的场面，让我们感受颇深。回来后，我写了一篇记叙参加这次灭火的文章。林老师对场面描写给予充分的肯定，但也告诉我，这篇文章的主题分散了，不够集中，有点记流水账的味道。后来，我进行了修改，突出了乡亲们爱护森林和家园的朴素情怀。林老师看后，给予了充分的肯定。此文后来被《浦中青年》选上，登上墙报。现在回顾起来，其实这是一篇报告文学。我后来对反映现实生活的报告文学产生浓厚的兴趣，就是从写这篇作品开始的。

中学读书，我很努力。各科成绩都不错。高考总复习，开始，老师动员我去读理工科，那时叫第一类，第二类是医农，第三类是文史。一般来说，成绩比较好的同学大都集中在理工类班，成绩比较差一点的大多集中在文史班。我到理工类班读了不到一个星期，就感觉有点不大对头，因为，我的强项是写作，理想是将来当作家。于是，在征得林老师的同意之后，毅然提着沉甸甸的书包，主动到文史类的班上去了。我记得很清楚，当我走进文史类班教室的时候，同学们热烈地鼓掌欢迎我加盟他们的行列。实践证明，我在林老师支持下的选择是对的。人生道路虽然漫长，但关键的往往仅是几步甚至只有一步。不辜负、不委屈自己，勇于按照自己的兴趣、特长、理想，选择自己的人生之路，应当是我的明智和幸运吧！

高考的日子终于到了。林老师谆谆嘱咐我们应当注意的事项，他对我特别关爱，考试前夕，解下手表给我掌握时间，亲切地鼓励我，相信我一定会成功的，让我很是感动。第二天，我突然发现，手表不走了，吓了一大跳，以为把林老师的手表戴坏了。林老师接过去看了看，笑着说道："手表该上弦了！"当时，手表可是珍贵品，我从来没有戴过手表，也怪我孤陋寡闻，连手表上弦也不知道。

林老师离休后，晚年随子女到了厦门。他和师母黄老师就住在离我家不远的地方。平时，我都抽空去看望他们，有了新作出版，第一个就想起这位恩师，郑重地签上名字送给他指教和分享。他每次看到我的作品，都特别高兴。疫情三年，人们无法来往，我也常打电话问候，尤其是遇到春节，请快递员送点慰问品，是师生之间的常情。他告诉我，厦门还有不

高中毕业照

少他的学生，对其他同学送来的慰问品，他一概不收的，只有我例外。

他向来身体不错，过了 90 岁还可以去跳广场舞。后来，因为一场病，身体状况急转直下。2023 年的一天，我突然接到他儿子的电话，他的父亲已经走了。我大吃一惊，连忙赶到林老师家，居然后事都已经处理完毕。他们没有告诉任何人，只是家里人把他悄悄地送走了。

林老师，我太对不起您了呀！近在咫尺，居然没有送您最后一程。

师恩难忘，天高水长。

## 中学时代

中学是人生极为重要的奠基阶段，直接影响到一个作家的精神、性格、情怀等素养的培育和养成。

我是 1957 年 9 月入学的。当时，公路还没有通车，我养母家的大儿子名叫沈世犬，是个农民，入了当时的手推车合作社，专门拉架子车，运木头、运货，他主动把我的行李运进城了。于是，我只背着一个书包进城去，同行的还有到仙阳读浦城二中的小学同班几个同学，他们拉着一部架子车，里面除大家的行李，我发现还有咸菜。这些农民的孩子，很是节俭。我走 70 多华里，他们要走 100 里，因此，太阳刚露脸，我们就动身了。一路说说笑笑，倒不觉得辛苦。

从此，我开始了徒步上学的生活。1958 年以后，汽车通了。只从县城通到前洋，车票是 9 角钱，父母叫我买票坐车，我还是坚持走路。因为，9 角钱当年就是大钱了。穿布鞋走费鞋，舍不得，我们穿草鞋穿惯了，就穿上草鞋长途跋涉。走到县城鸡婆岭下的浮桥边，脱下草鞋，藏在桥边一座凉亭的墙洞里，用一块砖头堵上。回去时，拿出草鞋继续走路。六年的中学时间，跑了多少路，已经数不清了。我的一双铁脚板，就是这样练出来的。

中学读书时要上晚自习的，一般是两个小时。县城有电，但经常停电，于是，每人一盏用墨水瓶做的煤油灯，是必备的，一旦停电，就把煤油灯点上。停电的时候，只见校园内，1000 多盏煤油灯一起点亮，星星点点，犹如天上星斗，颇为浪漫、壮观，是我们难忘的风景。

中学期间我学习认真，是个优秀学生。曾经教过我语文并代理过班主任的尹孔钊老师，在 1963 年 7 月 12 日，写了这样的一首诗送给我，此诗他亲笔写在我的毕业纪念笔记本上，全诗如下：

### 书赠世豪同学

羡君品德本性知，

绣口锦心满腹诗。

今日孜孜学业精，

他年社会赖君持。

韶光弹指莫虚度，

岁月催人勿停迟。

此离时将勤学问，

鹏飞万里喜逢时。

孔钊

1963.7.22

尹老师这首诗亲切、动人，如声声深情嘱咐，激励我兢兢业业地学习、工作。他晚年到了厦门，我们一起吃过饭。如今，他已经走了多年，我深深地怀念他。

中学阶段正是我们长身体时期，粮食不够吃，又缺油。成名之后，多次有记者问我，对中学时代印象最深的是什么？我总是回答："饿，饥饿！"他们大为不解。尤其是三年困难时期，被我遇到了。最饿的时候，上街买白菜汤喝，一碗2角钱。有一次，我从一位大嫂模样的摊主那里买了一碗白菜汤，喝了付款时，她不仅坚决不收，而且又递了一碗满是菜的过来，说道："你是蓉蓉的儿子，长得真像你娘。"原来，遇到我母亲的闺蜜了！我满脸通红，觉得很不好意思，丢下2角钱拔腿就跑。

最困难的时候，学校停课半年，叫我们回去度荒。待我们回校复课的时候，发现学校的大操场都被开垦出来，成为老师们的菜地了。

对于各门功课，我觉得并不繁重。我喜欢文科，数理化也不差，浦城一中的图书馆藏书十分丰富，借阅也方便。我的课外阅读有个特殊的习惯，在大家午睡的时候，我睡不着，往往坐在孔子塑像后面读书，读的基本上是名家的散文、小说、诗歌，等等。中午读书，晚自习就打瞌睡，有一次，居然伏在桌子上呼呼大睡，班上几个调皮的同学，在我的头上横竖架起几张凳子，我也不知道。他们关上灯，扬长而去，好在班上几位好心的女同学，守在门外许久，见我依然熟睡，只好把我叫醒，实在是有点出洋相。

1958年大炼钢铁，我们同样没有缺席，全班被派到屏峰铁矿参加劳动。条件实在是太艰苦，住的是茅草棚，我们的任务主要是运矿石下山。白天干活，夜晚还要挑灯夜战，毫不含糊。吃饭是管饱的，但没有什么菜，只有咸得发苦的萝卜。我们在那里整整干了一个多月。回到学校，学校特地杀了猪慰问我们，还放了几天假，我们美美地睡了几天，才恢复疲劳。

浦城一中有个突出的特点，尽管当时运动多，劳动多，还要勤工俭学。但从来没有放弃正常的教学。浦城一中的勤工俭学很有意思，每个学生一年要给学校无偿地交650斤柴火。这些柴火用于供应学校食堂的烧柴之用。我是山里人，砍柴是能手，那些城里男男女女的同学就不一样了，经过几次锻炼，他们也学会了。

中学生活的确艰苦，但始终是快乐的。或许，是少年不识愁滋味，或许，当时大家的日子都差不多，习惯成自然了。

我依然喜欢诗歌，曾写过一首长诗，参加学校的比赛，还登在浦城一中的墙报上，内容好像是学雷锋的联想，只记得其中的一句："我站在峰巅舞长剑。"此诗豪情横溢，但其他诗句记不起来了。此外，散文也进入我的写作领域，主要写农村的新人、新事，为我以后的散文创作打下了一定的基础。

## 一张歌片的传奇故事

这是我一辈子都无法忘怀的奇遇和幸运。

那时候的高考，录取率很低，据说只有 10% 左右。虽然，考不上的同学，凡城市户口的同学，可以安排当小学教师等工作，农村户口的同学，如果考不上，就必须回到农村当农民。我是农村来的，虽然成绩不错，但也很难保证稳定，高考因发挥失常，成绩不错的学生名落孙山的情况，几乎每一届都有。因此，我心里还是有点紧张。

1963 年 7 月 5 日，高考开始，第一门就是考作文，这是我的强项，林老师嘱咐我，要沉着冷静，并始终陪伴在我们这个班的同学身旁。考前的一个小时，所有考生都被集中到休息室备考。绝大同学都带了书在那里埋头阅读，我只带了两支钢笔，心里想，考作文又不考语文知识，读什么书？

休息室实际就是一间教室，唯一不同的是，讲台上增加了一盆鲜花，那是祝愿所有考生能够成功的意思。我没有带书来读，无所事事，不知做什么事情为好，东张西望一阵以后，突然发现，坐在一旁的祝文善同学的衬衣口袋里有一张歌片。因为闲着没事，就向他借来看看。他正捧着一本书，

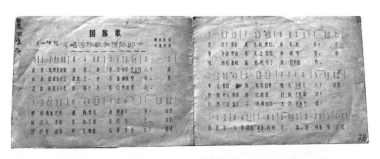

《国际歌》歌片 |

聚精会神地读着，嘴里还念念有词，便头也不抬地把这张歌片从口袋抽出递给我。

　　我拿过来仔细一看，正面是列宁在十月革命期间演说的油画，画得真好！形神俱佳，或许，因为激动，列宁手上的血管，青色，一根根都清晰可见。翻开背面一看，我眼睛一亮：《国际歌》！

　　　　起来　饥寒交迫的奴隶

　　　　起来　全世界受苦的人

　　　　满腔的热血已经沸腾

　　　　要为真理而斗争

旧世界打个落花流水

奴隶们起来　起来

不要说我们一无所有

我们要做天下的主人

这是最后的斗争

团结起来到明天

英特纳雄耐尔就一定要实现

……


这是我第一次如此认真地阅读了《国际歌》全部歌词，读着、读着，情不自禁地唱了起来。深沉、激越的歌声，顷刻在教室里飘荡开来，唱着、唱着，我有点忘乎所以了。结果，被前来督察的学校教导主任詹恭良老师发现了，他平时要求学生很严格，大家都有点怕他，他走到我身旁，轻声地问："大家都在读书，你怎么在唱歌呀？"我回答道："这是《国际歌》，歌词写得太好了！写作文时，加几句进去，会加分的。"詹主任听说，也就笑着走开了，只是嘱咐，你唱歌的声音小一些，以免影响了其他同学。

进考场的铃声响起来了，大家连忙进场。我把歌片插在上衬衣的口袋里，有一截露在外面。在考场门口，被监考人员拦住了，问："你口袋里插着的是什么？"我回答：《国际歌》《国际歌》！"监考人员急忙说："丢掉，丢掉！"我连忙把歌片递给陪在我身旁的林修文老师。

天下怎么会有这样的奇事呢？那一年高考作文的第一道

题目就是《唱〈国际歌〉所想起的》。我看到后，当然欣喜不已，一颗心怦怦乱跳，立即把刚刚唱过的《国际歌》歌词全部默写出来，写在一旁的草稿纸上。

《国际歌》雄奇壮美的旋律在胸中回旋激荡，歌词化为飘飞的音符，点燃了我的情感，思绪如潮涌，扑面而来。我顺利地完成了作文。遗憾的是祝文善同学，他虽然买了这张歌片，但没有看，只记得国际歌的开头是"起来"两个字。作文考砸了，没有考上。第二年，他才考上福建第二师范学院中文系。我和祝文善同学很要好，他把这张歌片签名盖章，并在一角写上"高考的记忆　友谊的缅想"郑重送给我，作为纪念和见证。半个多世纪过去，我把这张珍贵的歌片保留至今。

感谢文善同学，他就像慈悲、酷爱我的上苍派出的信使，把这张极为重要的歌片送来给我。我不信上帝，但我相信，人是有机遇乃至奇遇的，而且往往会神奇地改变你的命运，这就是我的幸运吧！

第三章

冲破天罗地网

个人的命运和时代是紧紧相连并相通的。大学时代很短暂，毕业之后所处的非常时期，却似乎有点漫长。不改初衷和梦想，并非易事。

## 一个特殊的世界

1963 年 9 月，我被录取到厦门大学中文系。1968 年 9 月大学毕业，分配到隶属江西生产建设兵团 9 团的农场劳动锻炼。

1970 年初，鄱阳湖畔，大雪飘飞，漫天皆白。我终于走出来了这个地方。

屈指一算，我们从风光奇秀的厦门大学，分配到这个农场劳动锻炼，正好是一年。我所在的农场，有一个很动听的名字：鲤鱼洲。那是一个六十年代初从鄱阳湖中围垦起来的人工岛，四周的大堤洋洋洒洒有 80 余华里。土地十分肥沃，可谓良田万顷。然而，这里又是一个极为严重的血吸虫疫区，据普查，全农场每平方尺平均有 32 个钉螺。算我们幸运，因为每天涂了一种名叫五氯粉钠的防护剂，大家戏称它是"安

在鲤鱼洲农场劳动时的合影，前排右一为本书作者

慰剂"，两个连队来自全国各重点高校的 299 名大学生，居然没有一个人染上血吸虫病。

当时，和我们同一农场的还有北大、清华的大批下放干部和教职工，"文革"中风云人物聂元梓等也在其中。他们中有些人还没有完全"解放"，由军宣队、工宣队严格管理。或许，是领队者恪守"一不怕苦、二不怕死"的最高指示，"左"得出奇，在如此严重的血吸虫疫区，居然没有采取任何保护措施，更没有每天涂"安慰剂"，结果不少人得了血吸虫病。他们的遭遇比我们大学生艰难和不幸多了。前些年，当年北大下放到这里的人们，写了一本回忆录：《鲤鱼洲纪事》，真实地记叙了他们的遭遇和经历，引起了不少读者的兴趣和注意。

农场的军垦生活异常艰苦，寒冬腊月挑土加固、加高大堤，入春以后种地，夏天"双抢"、抗洪，秋天收割进仓，几乎没有几天空闲的日子。农场生活结束，重新分配工作，谁不想有一个比较符合自己愿望的岗位呢？正值"文革"动乱，人心浮动，想起来，我们当年的再分配，实在是太可怜了。不少同学又被分配到新的农场。大概是苦惯了，大家也认命了。其时，大学生属于被歧视的"臭老九"之列，一切由军代表说了算。我和我妻子的报到通知书上写的单位最奇特：南昌市4460信箱。进一步打听，又说是一个砖瓦厂。我们出了农场，莫非又要去烧砖瓦吗？一时引得许多同学哈哈大笑。

我们严格按照军代表的安排，到南昌市青山湖招待所待命。几乎等了一天，接我们的汽车终于来了，是一辆黑不溜秋的运煤车，开车的小伙子是个壮实的退伍军人，山东人，叫毕希奎。他倒是十分豪爽，一见面，就给我们道歉，仿佛是他的责任似的，说厂里的客车忙，只好由他把我们捎回去。汽车出了城，沿着浩浩荡荡的赣江江边的一条简易的黄泥公路走，越走越偏僻。好不容易看到远处两个直冲云霄的青灰色大烟囱，如擎天大柱，撑住沉甸甸的铅色天空。小毕告诉我们，大烟囱下，地名叫西河，就是我们要去工作的地方。

到了附近，我们一看，不由冒出一身冷汗。青灰色的大墙，威严、冷峻，面无表情地矗立在刺骨的寒风里。大墙上还有一米多高黑色的电网，正在通电。小毕告诉我们，电网上的电压有8800伏，偶尔，飞过的小鸟不小心碰到上面，粘着烧，转眼就变成一小团焦炭。侧耳一听，电流嗡嗡直响。电网支架上，是一串咖啡色的绝缘瓷瓶，像曲起的粗壮的骨节，让人不寒而栗。大墙上有岗楼，亦是青灰色，伞形的屋顶下，一身草绿色军装的站岗哨兵，持枪而立，仿佛站成了一尊雕塑。跨进戒备森严的漆黑的大门，拭目一瞧，大墙下还有半尺高七八米宽的地网，黑色，寒意逼人。天罗地网，插翅难飞呀！我们黄金般的青春，就要在这里消磨殆尽吗？回头一看，妻子哭了。她一贯是很好强的，我知道，她是为已经到来的不公的命运而哭。我很敬佩中国人由衷崇敬的一位伟人，面对逆境说的一句掷地有声的话："我不下地狱，谁下地狱。"男儿流血不流泪。我没有一滴眼泪，铁着心肠，准备迎接更严峻的挑战。

一群身穿黑色棉袄、棉裤、胸前别着一小片白布条符号的囚犯，扛着铁锹，排着队从我们面前走过。个个目光茫然。他们谁也没有注意到我们。到了这里，我们才完全明白，这是一座戒备森严的监狱。关押的人员中，有不少原国民党的战犯、美蒋特务、各类重刑犯、大量的反革命犯等2000多人。监狱是秘密的，对外公开的是西河砖瓦厂。南昌市4460信箱仅是联系的邮箱而已。犯人劳动改造的主要内容是烧砖瓦。两座红砖砌成的巨大的轮转窑，据说采用先进的德国技术，日产砖瓦高达80多万片。

人生如戏。神秘的命运导演，你怎么会把我们弄到这样的舞台上来呢？

不知是谁放飞的一群灰鸽，忽地从灰蒙蒙的监狱中飞了起来。嘹亮的鸽哨，剪碎了令人窒息的沉闷，让人为之一振。啊！生命，有时是那么地脆弱，而有时又是那么地坚韧无比！一线浅浅的阳光，透过厚厚的云层斜照过来，些许的暖意浮上心头，我悄悄地安慰妻子说："俄国的作家陀思妥耶夫斯基，以写监狱题材闻名于世。我们是学中文的，且不乏文学从事创作的能力和志向，来到这里，或许，正是一个千载难逢的机遇呢！"妻子凄然地笑了。感谢农场炼狱式的生活，几乎让所有经历过那段炼狱般日子的大学生，都学会了面对厄运的本领。

## 今夜，我们结婚

汽车载着我们进了监狱这扇黑色的大门，我们放下行李。政治处来了一个身穿警服的年轻干事，把我们临时安排在招待所里。因为报给他们的材料上写的是，我们是一对夫妻，于是安排在楼上的一个靠东边的房间。我们两人相视一笑，顷刻，妻子羞红了脸，低首垂眉，马上便把简单的行李搬了

结婚照

进去。

我的妻子是我大学的同班同学，名叫谢爱珍，她是福州人。一起分配到江西，且在同一个农场劳动锻炼。共同的爱好和命运，把我们联系在一起。我们是在即将离开农场时申请登记结婚的。其实，当时我们并没有真正结婚。现在想起来，真是有点黑色幽默的韵味。农场锻炼即将结束时，我们连队共有六对大学生一起到团部办理了登记结婚手续，经审查，每对大学生都领到结婚证书，上面印有鲜红的毛主席语录："我们的责任，是向人民负责。"结婚，本是双方个人的事，当时，却被提到对人民负责的高度上去了。更让我们哭笑不得的是，当时办理结婚手续是要写申请报告的，团政治处主任在我们每一对大学生申请结婚的报告上这样批示："同意登记，但不得结婚。"这不是变成了纸上的婚姻了吗？我们拿着首长这样的特殊批示，差一点笑岔了气。不过，大家还是恪守首长批示的精神，只是把结婚证揣在怀里。

我们远远没有料到，命运之神的安排会这么巧妙：我们到监狱的第一天，居然就是我们可以真正结婚的大喜日子。

不要解释，因为在那种须处处提防暗算的特殊社会环境里，不仅不会有人听你的解释，而且还会带来不必要的麻烦。不要声张，尤其是面对天上突然掉下来的幸福，最好是自己品味、享受。人生太艰难，和别人一起分享幸福，固然是无限美好的境界，但在不明世态的情况下，却要处处提防意外。能独立自主地安排自己的人生大事，不必去顾及别人的眼光，同样是求之不得的幸事。我想：能在监狱中度过我们的新婚之夜，是一种特殊的浪漫，还是极为难得的奇遇？

细心的妻子，开始缝新被子。当时，许多东西是凭票供应的。枣红色的新被面，是农场劳动时，我所在的班，偶尔分到一张供应券，大家谦让给我买的，说是权当送给我们的结婚礼物，没想到真派上用场了。虽然没有人来贺喜，我们还是到狱中唯一的一家商店，买来一些喜糖，还有水果，用盆子装好，放在桌上，以备待客之用。为了担心停电，周到的妻子，还买了一对红烛。想起来，真有一点古典的浪漫气息。

很静。窗外有一个面积不大的湖，水平如镜。湖畔有树，是法国梧桐，落尽了树叶，像在默默地等待不知流落到何处的春天。让人惆怅又无奈的岁月，难得有这样的闲暇，可以相互坐下来，共享宁静的时光。我们是大学的同班同学，但念大学时并没有谈恋爱。那时节，大学生是不准谈恋爱的。否则，就有违反校规被开除的危险。大学毕业以后，我们恰巧分到同一个农场，开始还在一个连队。应当感谢分配到西双版纳的刘仙鹏同学，他不知是有意成全我们，还是为了节省邮票，总是把寄给我们两个人的信放在同一个信封里，让我们有了许多接触的机会。其时，无缘享受现代人死去活来的琼瑶式的罗曼蒂克，当我们一起感觉到难以分离的时候，两人都心照不宣，恰似水到渠成，爱情似乎已经成熟了。军代表严格管理之下的大学生连队，有许多清规戒律，但爱却是无法禁锢的。劳动太辛苦，缺乏花前月下的风流，偶尔，在有萤火虫飞舞的夜幕中一起漫步，只有走弯弯曲曲窄窄的田埂，稍不小心，就会掉进烂泥田里。然而，丝毫不会影响我们相爱。只需一个会意的眼神，一个浅浅的微笑，彼此就心领神会了。妻子当时爱围一条红围巾，只要看到远处有一团火苗似的风景，心里便觉得暖洋洋的。两情相悦，真是其乐无穷哟！

傍晚时分，曾开车接我们来此地的小毕主动来看我们，他高兴地吃了几个糖果。他是我们结婚时唯一来看望我们的人。一开始，我们都以为监狱是一派肃杀阴森的冷酷世界，细细一打量，才发现，监狱的大墙外还有一个家属区，很像是一个小镇。站在招待所的窗前望过去，一条黄泥小径，连起无数的红砖楼房，多数是二层的。灯火通明，数百户人家组成一个特殊的社会，同样熙熙攘攘，演绎着人世间的喜怒哀乐。监狱的夜晚和其他地方不同的是，从各座岗楼中射出的巨大的强劲的探照灯光，就像劈开沉沉夜幕的幽蓝色的长剑，威严、雄奇、瑰丽且壮阔无比。后来，我们看过许多城市的夜景工程，为了美化城市，设置了探照灯，但那灯光缓缓的，像是现代情人的耳语，缺乏一种力度，更缺乏一种震撼人心的氛围。和我们在监狱中第一次看到的探照灯光，完全是两回事。

我们第一次相拥而眠了。月亮斜挂在料峭的寒枝上，月色有些苍白，没有云彩，天空高得有些让人感到玄妙莫测。新婚太醉人了，仿佛一脚踏进了一个神奇的天地，一切是那么地新鲜、甜蜜、刺激！是山和海的拥抱吗？山的奇伟和海的深邃汇成的琴瑟和鸣，真是惊天地、泣鬼神。人生有一次如此美丽忘情的体验，足矣！

不幸、悲哀、不公、苦难，早已离我们远去了。美满幸福的婚姻，灵与肉相融、相谐，不仅是人生的极致，而且是战胜厄运的强大力量。当命运粗暴地把你摔进深渊，或许，爱情的伟力，可以幻成精美的小舟，摇出一片迷人的玫瑰色。在逆境中懂得享受爱情甜蜜的人，才是真正懂得生命意义和生活真谛的人。

## 喜遇"刘三姐"：处女作的诞生

我们被分配到监狱办的子弟学校当老师。这所学校有点特别，从幼儿园到小学，我们来了之后，才办起了初中，我爱人教初一语文兼班主任，我教初二语文兼班主任。学生大部分为管教干部、军代表的子弟，也有少数留厂就业人员的孩子。绝大多数学生不爱读书，维持正常上课秩序都有点困难。我们不得不为自己的命运和前途担忧。拭目而望，中国的知识分子，当时俗称"臭老九"，都处于社会的底层，而我们更是看不见未来的希望。就这么在监狱中"窝"下去吗？并非看不起教师这个行当，而是在监狱中这个极不正规的学校，根本无法施展我们的才智。

"越狱"！当然不是像狱中偶尔出现的犯人逃跑那样，仓皇奔突。当时，并不时兴今日的实现人生价值的观念，在我们的心中，只想有幸从事挚爱的文学事业。幼稚的我们，把目光瞄准报社。奢望能冲出高墙电网，去当记者。恰好，我们的一位同事姜老师，她的爱人小张是《南昌晚报》的记者，他常来监狱，我们常在一起打乒乓球，混熟以后，请他和报社副刊联系，他欣然答应了。其时，负责《南昌晚报》副刊的是彭作雨先生。彭先生是江西资深的知名作家，新中国成立前从事党的地下工作，在寂寞的南昌文坛上，颇有影响。在一次座谈会上，我见过他一面。他个子不高，圆脸，戴着一副镜片很厚的眼镜。是个和善的老编辑。我写了两篇散文，附上一封短信，请小张带给彭先生。

热心的彭先生看了我的稿子，立即准备采用。现在的年轻人，或许已经无法理解当时用稿的规矩了，凡是见报的稿件，均要经过作者本单位的政治部门审查，签字盖章，表示

南昌市首届教师代表大会厂办学校教师代表合影，后排正中为本书作者

同意，才可刊发，文艺稿件也不例外，这叫作政治把关。彭先生办事向来利索，他立即给我们所在的单位政治部打了个电话，想简化手续。结果，出乎他的预料，回答是冷冰冰的三个字："不准发！"监狱的政治部主任，个子不高，腆着肚子，不苟言笑。他是有点文化的部队干部，文化人整文化人才叫内行和厉害。他知道，只要我挤上文坛，高墙电网是关不住我的，我就有可能飞出去了。并非爱惜人才，他们从来就没有把我们当什么人才看待，只是出于当时对知识分子普遍的管、卡、压的心理，不让我们有任何冒头的机会。

两篇稿件虽一时发不出去，我同样感谢彭先生的鼎力帮助，特地到报社拜访他。他热情鼓励我，并热心地带我到比该报社更有影响力的《江西日报》社，找该报副刊的刘仁德同志想办法。后来，我才知道，她是文坛有名的"刘三姐"，能干、泼辣且好打抱不平。火急火燎的她，一听彭先生的介绍，立即表示，她可发我的稿件，并且不要我们监狱的政治部签字盖章。我担心给她带来麻烦，她仗义地回答："你又不是劳改犯，为什么不能发稿？看他们有什么招数，我就不相信，他们可以一手遮天！"世界上还是好人多，我听了她的话，很受鼓舞，顿时也来了精神。《国际歌》有一句歌词："从来就没有什么救世主，也不靠神仙和皇帝。要创造人类的幸福，全靠我们自己。"这真是至理名言。逆境之下，俯首贴耳、自甘沉沦，就真的无望了。

我的文章终于问世了。那是一篇散文，大约2000字，题目是《老蔡的马灯》，发在1973年5月20日《江西日报》的

《井冈山》副刊上，该报是党报，当印着我的署名文章的报纸出现在监狱中的时候，无异于是平地响了一声雷。对我们冷眼相看极尽阻挠之能事的政治部主任见到我，沉着脸，不打招呼，我也不甘示弱，昂起头，从他的身旁走过。这种僵持状态，一直到他的女儿调到我任教的班级念书，他大概是担心关系弄得太僵，我可能会伺机找他女儿的麻烦，于是，才悄然结束。

刘仁德同志鼓励我多写，而且写得长一些，她大版大版地登我的文章，一次次地给监狱带来冲击波。后来，连许多犯人也认识我了，因为，他们也有《江西日报》，而且，每日读报是他们不可缺少的一课。当时，没有一分钱稿费，一篇文章出来，只发几元钱的一张赠书卡，或者，送几本书，但给我们的精神鼓励，是任何金钱也无法比拟的。希望的曙光终于照耀我们心头了。

事情的发展并非我们想象的那么简单。有一天，我在办公室突然接到电话，是刘仁德同志打来的，声音急促、慌张，几乎是对着话筒喊："你千万不要来报社！"我吃了一惊，刚想问一句为什么，电话就挂断了。我猜测，一定是出了大事，心里忐忑不安，但又不敢轻举妄动。我在一个暮色四合的夜晚，悄悄地来到南昌打探情况，到报社附近一看，已经戒严了，有全副武装的解放军站岗。正在纳闷，刘仁德同志从小巷里突然走了出来，她高兴地对我说："警报已经解除啦！"说着，邀我走进报社。

原来，是我的一篇登载在 1974 年 4 月 14 日《江西日报》

副刊上的作品《关政委》惹的祸。这是一篇小说，有 7000 多字，我根据一个军人形象构思的，想塑造一个理想中的政委形象。当时，正值"四人帮"借批林批孔，又一次掀起抓"走资派"的逆流。不知是哪个农场的"造反派"，随便乱对号，硬说我的文章写的是他们农场的"走资派"，是为"走资派"立传，乘机聚众冲击《江西日报》社，公开要揪作者和责任编辑。情急之中，刘仁德同志怕我正巧闯到报社来，立即给我报警。此事惊动了中央，据说，是病中的周总理亲自下令，命令"造反派"立即离开报社，并派部队保护报社的安全，保证报纸的正常出版、发行。我听了，深深地感谢刘仁德同志。报社事件，使我在江西文坛第一次出了名，也感到手上这支笔的分量。所幸的是，监狱中的人们对此毫无所知，使我们避免了许多不必要的麻烦。

第一次试图"越狱"虽然没有成功，但却让我戏剧式地走入了文坛。江西作家万长楠先生、董本祺先生、葛陵女士等都先后来到我们工作的监狱看望我们，并领着我，认识了曾经担任过《人民文学》副主编的老作家俞林同志。在"四人帮"猖獗时期，俞林同志曾经蒙冤被关进秦城监狱，住过七年牢。我认识他的时候，他刚放出来，任江西《星火》杂志的编辑，亲自签发了我的稿件。后来任江西省委宣传部部长，给我不少的帮助和支持。这些特别关心我们的作家主动和我们单位的领导接触，替我们扫除了不少人为的障碍，解决了不少困难，扶持、引导我们一步步地走向更为广阔的天地。

文坛上向来有文人相轻之说，但我却是许多好心的文人支撑着走出来的。我和他们原来素不相识，更无利益关系，是共同的命运，使大家摆脱了旧习气，而相亲相助了。路，在自己的脚下，我们相信了这句名言。

在这一段时间，我曾经有多次的入党、上调机会，其中，有一次是调到《江西日报》当记者，但没有成功。据说是政审没有通过。我觉得非常奇怪，反复思考，找不到我有什么政治上的问题。此事一直到我走出监狱大墙以后，在江西师大审查我入党的时候，党组织经过慎重细致的调查，才发现我在监狱工作期间，有人在我的档案中偷偷塞进了几乎要置我的政治生命于死地的黑材料：有人捏造外调材料，诬陷我有一个哥哥在台湾却没有向组织交代，企图造成我有政治问题，永远不得使用的可怕后果。因为，当时，谁有台湾的亲人，往往会被认为有"特嫌"，至少是政治不可靠。我是家中的老大，1944年出生的，哪里有什么哥哥在台湾呢？根据我父亲的年龄推算，是很容易识破这一蓄意编造的谎言的，但当时谁也不会替我去洗刷这一冤屈。这一情况在我调入高校入党政审时终于被发现，等于清除埋藏在我身上的一颗炸弹。

## 成功"越狱"：终于冲破天罗地网

机遇往往是突然降临的。

那是1978年春夏之交，十年动乱之后全国第一次公开招考研究生。其时，我在这座监狱的子弟学校任教已经整整八年了。一次次"越狱",都以失败告终。大学毕业以后,在高墙电网的特殊世界里,熬过了太多的郁闷日子,有此跳龙门的时机,怎能轻易放过?

监狱中得知我们要参加研究生考试,有人曾经想进行阻拦,但当时中央文件规定,不得制造种种借口,阻拦考生参加"文革"后的首次研究生招生考试。我报考的是《中国现代文学史》。说实话,我们准备得并不充分,此外,也找不到更多的复习资料。学校也不让我们请假进行复习。然而,我的运气不错。我记得很清楚,当时,必考一门课,叫《中国现代革命史》。考前的一个多小时,我突然预感到,很可能会考毛泽东的《新民主主义论》,但我手上没有这篇文章,紧急中,连忙向招待所的服务员借《毛选》。果然,试卷中有此题,而且占了30分,要写出《新民主主义论》的主要论点和时代背景。真是好险哟!我记忆力强,完整地答了出来。外语考试我报的是俄语。翻译高尔基《母亲》中的一节。我在大学读俄语时,就熟读过原版的高尔基《母亲》,因此,一看题目,我就知道其中的细节和情节了。外语考试时,还出现过一件让我非常感动的事情:监考老师突然告诉我,允许翻外语词典,但我考前并不知道,因此没有带。此时,一位素不相识的来自603厂的考生,主动举手,愿意把她用的俄语词典让给我使用。后来,我才知道,她来自清华大学,外语早就过关了,不用词典也可以应付自如。很遗憾,多年过去,我连她的名字也忘记了,也不知这位关键时刻出手相助的女同志后来去了哪里? 603厂是一座炼铀的国防厂,离我所在的监狱只有10华里。因此，我的外语考试的分数也不差。这次研究生考试试卷是全国统一的，我总分获得很高的分数，初试通过，并且得到了到山东大学中文系复试的机会。

济南，中原重镇。一段终生难忘的情缘，永远遗落在那里了。

我一直以为全国知名的山东大学应当在济南市区，到了济南，才知道其时的山东大学位于济南郊区的历城。据说，原来是山东农学院的校址。给我印记最深的是两座塔式的教堂建筑，黑色，洋溢着典型的德国风情。参加研究生现代文学研究专业复试的外省考生只有三人：来自江苏南通的王湛，成都的王忠愈，还有来自江西南昌的我。导师是著名的学者陈昌熙先生和韩昌剑先生。两位老人对我们很客气，详细地询问了我们的情况。当时，我已经发表了不少作品。说实话，我报考的目的，倒不是真的对现代文学有什么特别的兴趣，而是为了走出监狱的大墙。先生问我们，在中文一行里，你们最怕的是什么？我是个性格爽直的人，抢着回答：古文！他们两位也点头称是。

我们住在山东大学招待所复习功课，准备应考。邻居是个美国人，在山东大学教英语，大家称他老温，能说一口流利的汉语。原来，他是抗美援朝时期留在中国的美军战俘，为中美人民的友好，做了许多工作。他告诉我，他在北京成了家，妻子是北京一个商场的售货员。他们有了一个女儿，说着，兴奋地拿出一本精美的画册给我欣赏。他的女儿金黄的头发，浓眉大眼，很可爱，也很漂亮。我十分珍惜这位偶然相识的美国朋友，后来，还写了一篇专稿，发在报刊上。多年后，老温不幸患癌症去世，我相信，山东大学的人们，所有认识他的朋友，是不会忘记他的。

复试分两场进行，第一场是山东大学以及山东本省的考生。我们曾经要求和他们一起参加复试，但被拒绝了。他们的题目并不难，是分析鲁迅小说的艺术特色。我们外省来的三个人，被安排在第二场考试，当时，我就觉得有点蹊跷，为什么不让我们和山东的考生一起参加复试呢？这中间是否有什么猫腻？人地生疏，我们也找不到答案。

备考的日子，紧张而有点空落，我们常在一起议论最多的话题，便是老师会出什么题目考我们。几本必读的教科书，几乎被我们翻烂了。然而，到了真正考试的那一天，我们在考场上，一看到题目，三个人全傻了眼：题目只有一个，是鲁迅用古文写的《摩罗诗力说》，要我们翻译并分析。这真是哪壶不开提哪壶。颇为厉害的导师毫不留情地给了我们一个下马威，用当时的一句时髦的话来说：稳、准、狠地打中了我们的要害！鲁迅写的这篇古文，是他 1907 年的作品，他用难懂的古文阐述我们很少涉猎的美学论文。至今为止，让不少研究者都为之头疼。不乏幼稚和天真的我们，当场就和老师申辩，现代文学应当是指 1919 年"五四运动"以后到新中国成立以来这一时期的文学，此题超纲了。老师分毫不让，严肃地回答说，你们研究现代文学，连鲁迅都不懂，怎么行？不用说，我们全都被考倒了，垂头丧气地走出了考场。三个人的考试分数也很有意思，王湛 36 分，我 35 分，王忠愈 34 分。

命运又给我们开了一个大玩笑。我到如今还觉得有一种被戏弄的感觉。深孚众望且有学术造诣的导师，想要作弄我们这些"文革"期间毕业、先天不足的学子，就像玩弄股掌中的小石子，是很容易的——他们早就摸透我们的底了。

　　求学二十多年，久经沙场，这是我考得最糟糕的一次。录取是无望了。看到我们个个沮丧的模样，山东大学中文系的总支书记，一个姓吕的女同志，前来安慰我们，愿意为我们联系，争取让我们到大学里去任教。她和蔼可亲，特地联系了江西省委组织部，希望根据我的情况，重新安排我的工作。江西省委组织部得知消息，很快表态，欢迎我回来，并表示允许我在江西高校中任意挑选一所任教。后来，我们三人，王湛被幸运地录取，读完了研究生课程，遇到了好机遇，

参加研究生复试合影，前排左一为本书作者，左二为王湛

加上自己的努力，后来当上了教育部副部长。我也借这次机会，走出了监狱的大墙，到江西师范大学中文系任教，我的爱人随后也调到南昌的江西公安专科学校任教，成为一名警官。1993年我们回到了厦门。王忠愈由一所中学进了成都的一所大学。虽折戟此地，但济南，戏剧性地成了我们人生的一个重要的转折点。

在济南的日子里，我们痛痛快快地游览千佛洞、趵突泉等风景名胜。品尝了极为鲜美的黄河鲤鱼以及羊肉饺子。一人一扎正宗的青岛啤酒下肚，居然学着陈胜的口吻，说道："苟富贵，勿相忘！"时隔四十七年了，无情的岁月，磨尽了当年的一腔豪气，我们只是为能成功"越狱"而庆幸。

## 关于长篇回忆录《监狱纪事》

在监狱工作八年，有什么收获吗？

如果从文学创作的角度看，那就是我和我爱人走出后，成功地创作了长篇回忆录《监狱纪事》。

这是一部完全真实地反映当时监狱状况的作品。监狱，是个特别的部门，当时，监狱题材写得最好的是从维熙，因为他蒙冤坐过牢，对其中的内幕包括细节了解得很清楚，他写的主要是小说。我也写过反映监狱生活的小说，那就是发表在1981年第3期《福建文学》头条并引起读者浓厚兴趣的《监狱的故事》，但我自知我虚构能力欠缺，还是以报告文学形式写真人真事的长篇回忆录为好。

人们觉得有点奇怪，我这个在监狱子弟学校当老师的人，怎么对监狱这么熟悉和了解呢？我工作的那个监狱，多数干部都是从部队转业的老兵，他们缺乏文化，因此，对写大型的总结、报告没有办法，于是，看上了我。当时，监狱中的政治部主任室孙春发同志，他是四野的，曾经当过林彪的警卫排长，后来，和妻子一起参加了抗美援朝。他当时是营级干部，参加过惨烈的长津湖战役，并在激战中受了伤，因为彭德怀去医院看望伤病员时，他和彭德怀照过相，受到牵连。后来，发生林彪事件，居然也牵连到他。他对我们不错，知道我能写文章，就主动请我担任监狱中大型文稿的写作。

这是深入监狱的绝好机会，孙主任特地安排了管教科的中年干部王国安，由他当我的向导和助手，对监狱中的各类型犯人以及他们的改造情况，进行全面的采访。监狱中的犯人有原来的军人、干部，还有著名教授、艺术家等。监狱是个小社会，各行各业的人员皆有。他们入狱以及人生的道路实在是太精彩了。可以说，是作家们闻所未闻的故事、奇事！随便拈一个，都会让读者为之震撼：

他叫彭海鹏，原是江西省公安厅的秘书长，一个前程似锦的高级干部。从档案的照片中看，一头黑发，艺术地卷曲着，眉眼英俊，颇有志满意得之气。然而，当他站在我的面前，却是剃成光头，一脸沧桑，一个和其他因犯没有任何区别的中年汉子。只是一提起案情，他就悄然流泪，有时还会号啕大哭，不断地叨念着："我真后悔，真后悔呀！"

人们常说，人间是没有后悔药的，实际情况便是如此。他从一个受人尊重并享受某种特权的公安部门的高级干部，沦为一个囚犯，委实太值得人深思了。人生的道路，偶一失足，铸成的千古恨，往往一辈子也无法弥补过来。

　　说起他的经历，真有点像天方夜谭。他出身好，受过专业教育，在仕途上一直很顺利，才30岁出头，就当上了省公安厅的秘书长，定12级，属党的高级干部了。他又长得帅，处处受人青睐。在一次舞会上，他偶然结识了江西省广播电台的一个女播音员。天真烂漫的姑娘才20岁出头，像一朵清纯灵秀的鲜花，特别是姑娘脸上的那对酒窝，一笑起来，令他神魂颠倒，邪念顿生。

　　彭海鹏是有家室的人，妻子、女儿，一家人其乐融融，在公安厅里，倍受人们的羡慕。真是鬼使神差，自从和那位广播员跳了几次舞以后，他便开始心猿意马、想入非非了。只要一闭上眼睛，那一对迷人的酒窝，便盈盈地在眼前闪烁，斩不断、理还乱。于是，一次次主动地请那位女广播员出来跳舞。

　　他越陷越深，像热恋中的年轻人一样，居然一发而不可收了。善良的姑娘终于觉察出他的不怀好意，开始躲着他。

　　倘若事情到此为止，对双方都是幸事。但彭海鹏心中邪念如火中烧，他怎肯甘休？他凭着自己特殊的地位，终于，径直寻到了戒备森严的省广播电台的播音室。

　　姑娘打扮得清清爽爽正准备播音，当那一对迷人的酒窝，又一次出现在彭海鹏的眼帘中的时候，他几乎快控制不住自己了。只是絮絮地诉说着自己对姑娘的钟爱之情，他恳切地请求姑娘能在播音之后再陪他跳一次舞。

"我没有时间!"自尊的姑娘一口回绝。她向往纯洁高尚的爱情，本能地厌恶这种死缠软磨的求爱方式。省广播电台的播音员见多识广，并没有把这位公安厅的秘书长放在眼里，尤其是知道他有妻室之后，更是对他十分警惕。

不知是咽不下这口窝囊气，还是想借此耍一耍威风，要回一点面子，彭海鹏突然掏出铮亮的一支勃朗宁小手枪，那是专门给高级干部配备的自卫枪，此时，却瞄准了手无寸铁的姑娘的酒窝。

"你不同意，我就崩了你!"彭海鹏凶相毕露。他想，这么美丽而水灵的姑娘，一定是个胆小鬼，或许，可以威逼就范。在一个有着厚厚隔音设施的播音室里，谁也不知道里面发生了什么。

他完全错了!面对黑色的阴森森的枪口，姑娘愤怒地斥责："流氓，你给我滚出去!"

斯文扫地。彭海鹏觉得脸面丢尽。他双手在发抖，持枪的手情不自禁地扣动了一下扳机。

"砰——"一声惊天动地的巨响，播音室里仿佛响起了炸弹般的爆炸声。头脑发昏的彭海鹏忘记了，勃朗宁手枪中正巧有一颗上了膛的子弹。这颗罪恶的子弹，不偏不倚，正从姑娘一对迷人的酒窝中间穿过。

姑娘倒在血泊里。不屈的播音员忍着剧痛，突然挣扎着爬了起来，一手开了门，大喊：

"抓流氓！抓杀人犯！"

一切都无法挽回了。只顷刻间，彭海鹏从天堂落进了地狱。电台的工作人员，还有全副武装的警卫战士，闻讯赶来，人们像抓小鸡一样，把彭海鹏揪出了播音室。此时，这位堂堂的省公安厅的秘书长已经成了一个人人喊打的过街老鼠。

姑娘被严重毁容，如花的青春被野蛮地摧残而不幸凋谢了。按照法律，彭海鹏应当被处极刑，经有关领导出面作保，才被判无期徒刑，后来因为表现突出，改判为十七年徒刑。

类似的人物故事，我精选了50多个，这部长篇受到读者的特别青睐，全国先后有5家报刊连载，其中，稿费千字千元的《华西都市报》也从中选了20000多字，进行连载。有点遗憾的是，后来我想出书，各出版社认为这是"文革"期间的题材，因有政策规定，无法成书。不过，我回到我曾经工作过的监狱看看，发现不少人家都有此部长篇的打印本，有的还自己配了照片，做成彩色本欣赏。

我为监狱写的大型报告也没有让他们失望，其中有一篇介绍对犯人分类管理经验的文章，得到公安部五局的高度重视，并推广到全国，而今的监狱，依然采用分类管理的方法。

第四章

阳光灿烂

有幸进入高校任教，不仅是地位、命运的改变，而且是精神、思想的大解放。那种如拭目蓝天、丽日的激情，催发文思如潮滚滚来。

## 轰动浦城的一篇散文：《山城水清清》的创作

1978年8月，我被调入江西师范学院即如今的江西师大中文系任教。

该校创办于1940年10月31日，正值抗战时期，最初落脚在江西泰和县的杏岭，以蒋介石名字命名，叫"国立中正大学"，几经变迁。最后搬迁到南昌市东郊青山湖畔的老飞机场。因此，机场的指挥大楼，就成为学院的办公大楼。庞大的飞机库，就改造成大礼堂。中间有湖，后来叫青蓝湖，取之于"青出于蓝而胜于蓝"的古意。校园环境很不错。师资力量雄厚，尤其是中文系和数学系，是传统师范学院最强的系。中文系有近百名教师，10多个教授，其中不乏知名的学者，如精通语言学的余心乐先生、古典文学的胡守仁先生等。该系在校学生600多人，还有研究生、函授生等。

系里安排我在写作教研室任教。传统的写作课教学，停留在单纯传授知识、静态研究写作的阶段。上世纪八十年代前后，全国出现了写作教学改革的热潮。作家出身的我积极投入这场深刻影响写作界的大改革，直接参加中国写作学会的筹备和建设工作，担任中国写作学会的副秘书长、《写作》杂志编委。这次改革的主要内容，力主改变传统的写作课教学模式，建立动态的重在研究文章形成的过程，并从传授知识为主变为培养写作能力为主。这些主张得到系、校领导的鼎力支持，继我之后，中文系调进了作家熊述隆、赖征海、邱国珍等教师。写作课的教学呈现出一派生机勃勃的景象。

从天罗地网的封闭世界，走进天高地阔的高等院校，我真正地获得解放了。那是阳光灿烂的日子。1978 年 12 月召开的党的十一届三中全会之后，中国进入改革开放的新时代。思想解放之春风，浩浩荡荡。古诗云："春风如贵客，一到便繁华。"的确如此。

我的文学创作也进入一个全新的阶段。

我最熟悉农村的生活，从故乡的黄泥小径上起步，迅速走上全国文坛。不少人认为，写作乃至创作的关键是材料，当然，如果从选材的角度看，独特、丰富而且娴熟于心的故乡山村生活，特别是乡亲们的经历、命运，是上等的材料，但实际上并非完全如此。故乡生活最为珍贵之处，比材料更为重要的，是经过我这个远方游子感情消融之后独特的感觉、感受、体验、发现。稍有一点写作实践经验的人都会明白，真正促使甚至激励你去写一篇作品的内因，是情感深处浓浓淡淡的情愫或欲望，一旦思念和情感化为浩荡的春风，就可以唤醒沉淀在生命之旅中最为珍贵的种子，而成长为小草、鲜花甚至大树，只有当故乡的黄泥小径化为飘飞的灵动旋律，声声叩击你心灵的时候，你的神思才会飞动起来，那些久蕴心中的人、事、景、物，尤其是那些散发着乡亲们体温甚至呼吸的故事，才会悄然涌到你的笔端，化为行云流水的文字。

写作和创作的神秘和乐趣就在于此。

散文《山城水清清》富有某种传奇色彩的故事，印证了这一道理。此文首发于1984年11月的《福建文学》杂志上，全文3000字，我借浦城城内著名的一口古井即清水井写浦城这座古城的特殊风情、民情、文化等，结果于1985年2月25日被中央人民广播电台《文学之窗》节目选上了，制成配乐散文，由著名的艺术家、朗诵家瞿弦和先生朗诵。当时，电视还没有普及，听广播是重要的信息来源，故乡浦城县的领导得知消息，更是无比振奋，通知县城、乡镇，家家户户的广播全部打开收听。此节目正好十四分钟，效果很好。更为重要的是，浦城是相对比较闭塞的山城，外界人并不清楚，而今，经过面向全国乃至世界的中央人民广播这个节目的传播，可谓是享誉中外了。文中有这么一段读者特别喜欢的文字：

　　清凌凌的南浦溪绕城滚滚流去，人们毫不足惜。因为城里有井。最驰名的一口，叫清水井。以前，这里的人喝水是很讲究的，只喝清水井里的水。这口井在老城正中，那水清冽冽的。城里人待客、迎客的不是茶，而是泡一杯糖桂花。杯子是无色玻璃的，滚烫的水冲下去，桂花瞬间全开了，鲜灵灵的和活着一模一样。主人笑盈盈地递过一支花瓣状的长柄小银汤匙，轻轻一搅，红艳艳的桂花开得生意盎然，扑鼻的清香，丝丝缕缕，浓浓淡淡，悠忽沁人心胸，又悄然弥漫开去。品一口，余味无穷，仿佛消融在一派氤氲的香韵里。不信，你试用南浦溪水泡泡看，不仅桂花不鲜，还有一股水腥味哩！

此文轰动了全县，县里的有关部门，把这段文字镌刻在清水井旁的墙壁上。后来，因城市建设，这孔墙壁被拆去，这口从乾隆年间留下的清水井还是保留下来了。我的母校浦城一中，把这篇文章的全文连同我的照片与简介，搬上了校园中的文化大墙，作为校园文化建设的经典，这是我作为该校学子和作家的莫

美丽的九龙桂

大荣幸。

1990 年 6 月，我的第一本散文集《山城水清清》由江西百花洲文艺出版社出版，我敬重的著名散文作家郭风先生亲自为此书作序。不得不佩服这位创作经验无比丰富的老前辈，他的序一开笔，就提出散文创作中很有兴味的论题："诗要有诗味。而散文，自然渴望散文味。"于是，他从"散文味"的视角评点我的作品。

或许是对我这个后辈的热情鼓励吧，郭风先生对我的散文这样评价：

　　读了他的书稿后，想到散文这一文体之特殊的艺术情景，念及经典散文作家各自散发出来的、一如成熟的果实所散发的果香一般的情之味、理之味，——想念及这些等等，以致在此序文发了以上的一些见解。同时，我为世豪同志若干年来致力于散文创作所取得的成果，深受感动。在世豪同志的作品中感觉得到我国"五四运动"以来散文界所创造的散文传统的被接受；他的作品出现了自己的散文味。

说实话，当时我在散文创作中并没有想到"散文味"这个问题，经郭风先生评点，我才恍然大悟。一、当然是高兴，能够得到郭风先生如此的首肯，对我的确是极大的鼓舞和激励；二、是明确了自己今后创作的方向，需要在保持并努力

| 母校浦城一中的文化大墙

弘扬"散文味"方面砥砺前行。

"味"是一种感觉，郭风先生所说的"散文味"，实际是一种艺术感觉，就像人们品味美味佳肴，或品茶，或品酒，其中的优劣、高下，品者自知，往往有一种只可感觉却难以言传的况味，很难用准确的文字概括出来。十分感谢郭风先生对我作品的精到评析，而且首次认识到，注重"散文味"，是我今后创作中要高度重视的问题。

"散文味"的"味"从何来？

郭风先生在此序谆谆告诫："散文味"是不能执意追求的；若从宏观来看，它可能是散文作家的人生经历，他的生活环境以及文学修养在构思时的自然选择和情感抒发。它是一种长时间的人生感知和个性的积累、沉淀，一旦发而为文而结出的自然果实所散发的香味。

细细揣摩和品味郭风先生的耳提面命，我得出的结论是，散文是一种最能表现创作者人品、情趣、人生境界、艺术水平的文体。要想写出耐人品味的散文味，就是两个字：修炼。包括人格修炼和艺术修炼。

## 一炮打响：首部电视纪录片《军旗升起的地方》

这是匪夷所思的故事：

1986 年的 5 月间，老朋友邹盛森突然前来我家拜访，他是江西奉新人，1957 年毕业于江西省文艺学校戏曲表演专业。当时，我住在南昌原来青云谱八大山人纪念馆旁的江西公安专科学校，我爱人在该校当教师。邹原来在南昌市歌舞团当演员，是舞蹈队的队长，舞跳得很好，我常去看演出。当时，歌舞团不大景气，收入也很不理想，他居然跳槽到新成立的南昌电视台当专题部主任。青云谱是八大山人曾经隐居的地方，那是一座古老的道院，如一个深藏的公园。白墙、乌瓦，院内遍植金桂、银桂，古樟森森，锦竹绵绵，曲水兰亭，风景甚佳，但不通公共汽车。南昌市的公交车只开到包家花园，剩下的 5 里路只能徒步行走。他走得大汗淋漓，一见到我，就直言相告，他此行是请我创作一部电视纪录片。我听到以后，忍不住哈哈大笑，调侃他说："你是不是喝多了酒说胡话？"

因为我从来没有写过电视纪录片，甚至没有认真地看过电视纪录片。

原来，他刚到南昌电视台，就当上专题部主任，专题部的主要任务就是做专题片，也就是电视纪录片。事业初创，他这个部只有两个人，另一个是刚从大学毕业出来的小伙子，也不懂电视纪录片。他给我解释说，南昌电视台接到央视的通知，决定在全国举行城市题材电视纪录片大赛，他觉得是个难得的机会，想去抢个大奖，给新成立的南昌电视台长长脸。我听了暗自发笑，不敢扫了老朋友的兴。

请我这个从来没有写过电视片的人去抢个全国大奖？真是敢想敢干！

他担心我不肯出山，认真地进行劝说，他之所以找到我，是感觉我的散文写得漂亮，构思也与众不同，写纪录片的解说稿应当没有问题。我见他的确是诚心诚意来找我的，又是老朋友，拗不过他，只好答应先到他那里看看几部电视纪录片，他兴奋地答应了。

第二天，我到了他工作单位，说起来有点搞笑，他所在的专题部总共只有 5 部电视纪录短片，其中有一部是国外介绍啤酒的片子，没有一句文字解说，完全是靠镜头和音乐说话。因为即将要做纪录片解说，我对这 5 部纪录片都看得十分认真。这 5 部片的具体内容我忘记了，但看完之后，基本明白了电视纪录片的轮廓和要求。

城市题材，南昌这座城市最为重要的特点和优势是什么呢？南昌是座英雄城市，"八一起义"在这里打响，是党领导的人民军队诞生的摇篮，是军旗升起的地方！我头脑里突然灵光一闪，"军旗升起的地方"不是最贴切且最响亮的题目吗？想到这里，我的心激动得怦怦乱跳。题目如传神的眉目，抓住一个好题目，就成功了一半。刹那间，我依稀看到了成功的迷人曙光在闪烁，顿时来了精神。

电视纪录片是应当有聚焦点的，"八一起义"指挥部旧址原为江西大旅行社就是最好的聚焦点，当时已经成为纪念馆。这是一座民国时期的中西合璧的建筑，外观呈银灰色，主体建筑共四层，平面呈"回"字形，中部为天井，共有96间房，恢宏、壮丽，很上镜头。因此，我的构思就是：用散文的焦点构思法，布局这部纪录片。以南昌"八一起义"纪念馆为焦点，采用历史和现实交叉的办法组织内容和镜头，片名用《军旗升起的地方》，展现南昌这座英雄城市独具的异彩和敢于担当、首创的城市精神！构思完成以后，我立即投入创作。

电视纪录片的片头十分重要，我的设计是这样的：南昌"八一起义"纪念馆从一片彩虹里飘出来。这个大气、浪漫的设计很快就得到摄制组的同意。现在来制作这样的镜头很简单，当时却没有如今电脑的线性编辑，只能进行实地拍摄。大白天怎么在"八一起义"纪念馆上制造出彩虹呢？我们请教了消防队的朋友，他们告诉我们，只要用两部消防车，对着强烈的阳光集中喷水，大约十五分钟，水雾弥漫的天空就会出现彩虹！真是太神奇了！

经过台领导的同意，我们确定采用这一大胆的摄制方案，但具体工作需要摄制组自己去办。邹盛森这个老朋友看了我写的解说稿和拟定的拍摄方案，信心十足，仿佛已经胜券在握了！

南昌"八一起义"纪念馆在南昌闹市中心的洗马池，是中山路和胜利路交叉的地方。当时，南昌是个有600多万人口的城市，拍片就要断交通。这可是难题，我和邹盛淼一起找到南昌的蒋市长，他听说是为了参加全国大赛，立即答应给予全力支持，并由市里公安、交警、消防等有关部门进行全面的配合。

当时，断交通拍电视是个新鲜事。我们选择了阳光最强的下午两点。三辆消防车缓缓开进现场。围观看热闹的群众被交警用阻隔带阻挡在外面。邹盛淼不知从哪里弄到一部敞篷的吉普车，戴着墨镜，站在车上任现场总指挥。一声令下，三辆消防车一齐往天空喷水，拍摄的机位上，成三角形的三部摄像机同时启动。

风突然吹过来，把我们在现场工作的人员淋了透湿。5分钟过去，彩虹没有出现，10分钟过去，期待的彩虹还是没有出现！我们不由焦急起来，如此大的动静，如果弄砸了，如何交代？

13分钟，奇迹出现了！

一道无比绚丽的彩虹，终于出现在"八一起义"纪念馆的上空，而且摇摇曳曳地把这座历经战火和风雨的建筑多情地揽在怀里！

我们热烈鼓掌！兴奋地呐喊起来！

震撼人心的片头拍摄成功！

实在没有料到，后来，在有关部门的支持下，叶剑英元帅、聂荣臻元帅、萧克将军不仅接受了摄制组的采访，而且亲自为该片题写片名，这部22分钟的纪录片被央视选上，在八一建军节隆重推出，并得到全国城市题材纪录片大奖——金牛奖。摄制组从北京人民大会堂捧回了正面是牛的浮雕、背面镌刻着摄制组全体人员名字不锈钢质地的大奖品，重达2公斤之多。从此，我一发而不可收，走向电视纪录片撰稿的道路，先后在央视、省市电视台播发了近40部电视纪录片。其中有多部具有全国影响的精品。我有比较丰富的电视纪录片撰稿实践经验，后来出版了专著《电视纪录片的撰稿艺术》一书，成为既有理论又能创作的电视界的撰稿人。

电视的大门由此启开，我获得了一张现代媒体新的入场券。

## 攀登上30米高的化铁炉：
## 长篇报告文学《钢城的旋律》出版

这是我第一次创作长篇报告文学。

1988年春，江西省作协联合江西人民出版社，组织十多位实力派作家下大型国企体验生活，时间为期一个半月左右，每个作家创作一部长篇报告文学，出版一套《奋飞丛书》。我被安排到著名的江西钢厂。

该厂在鲜为人知的深山密林里，地点叫良山，离省城南昌有200多公里之遥，从新兴的新余市拐进去，还有一段距

《钢城的旋律》书影

离。此厂建于 1965 年，当时是作为华东局小三线特殊钢厂而建的，第一批来开创江西钢厂事业的建设者，皆是从上海钢铁一厂、三厂、五厂精华中挑选出来的，他们组成一支特别有战斗力的队伍，从厂级干部到各个车间的主任、工程师、技师、技术工人，甚至一部分普工、学徒，全部是配套的。因此，一脚踏进去，上海味很浓，人们都讲上海话，人们的生活方式也洋溢着浓重的上海气息。后来，随着招收的其他人员越来越多，真正从上海来的人只占 20%，但传统、文化气息依然沿袭下来。于是，当地人又称这里是"小上海"。

上海不仅是全国繁华的商业城市，人们往往忽视了，还是掌握了最新科学技术的重工业城市，上海的炼钢厂实力雄厚，由上海几家著名钢厂派出精英组建的江西钢厂，在这个远离城市的地方创业，走过了十分艰辛却又是令人振奋和感动的创业历程。要写好这部颇有创业史背景的长篇报告文学，并非容易的事情。

我熟悉农村，对有数千人之众的现代化的钢厂很是陌生，一切都是新的，一切又都让我感到好奇和新鲜。怎样写好报告文学？著名报告文学作家理由先生曾提出的一个观点："写好报告文学，七分在跑，三分在写。"此话很有道理，得到文坛的认同。报告文学特别讲究真实性，不允许进行虚构。因此，这个形象的"跑"字，实际上就是老老实实、认认真真到第一线去，和建设者们打成一片，深入到他们中间，不仅了解他们的工作，更为重要的是要感受他们的气质、精神、情怀，要把熟悉、了解、认识人放在第一位！

这是一道难题，一道难关，对于作家来说，更是情趣横溢的全新天地和世界。根据创作的需要，我在钢厂宣传部门的指导和帮助下，制定了完整的采风方案，并得到该厂党委书记张玉明，厂长吴广团的鼎力支持，他们率先接受我的采访，详细地介绍钢厂发展尤其是实行改革的情况。令我感到有点惊讶的是，他们不仅懂得文学，而且对报告文学作家的采访要求很是熟悉，介绍的不是空洞的话语，而是具体、生动，形象且有某种经典意义的故事。写报告文学，没有鲜活的故事，的确是很难让作品腾飞起来。

我深入到各个车间、班组，对重点采访对象，还深入他们的家庭采访。有的采访对象朴实、能干，但不大善于讲话，我发现，人世间的事情颇有意味，一个家庭中，男的不善言辞，女的往往是性格爽朗说话麻利的人。我还遇到这样的趣事：夫妻两个都是闷罐子，但他们的儿女却是大不一样，讲起话来，流利如水。需要进行"立体采访"，这个方法和观点是我发现的。一把钥匙开一把锁，努力找到开启采访对象心灵的一把锁，是报告文学作家必备的基本功。

厂方对我很关照，为了便于采访，在招待所安排了一房一厅的房间，经过一段时间，我结识了钢厂不少很有个性而且是特别有故事的员工，他们也逐渐了解了我，我们双方可以敞开心扉进行沟通、对话。火热的钢厂，的确是个大熔炉呀，几乎每一天，我都有新的发现、新的感觉甚至感悟。能够近距离和这些建设者在一起生活一段时间，是我的幸运。

至今我还清晰地记得他们的面容。

冉素云，一个化铁车间的女工程师，我在现场采访她的时候，看到她穿着厚厚的工作服，原来，这个车间的温度特别高，不一会儿，衣服就全湿透了。对于女性，不得不把衣服穿得厚一点。当时，她正和QC小组的同志一起寻找化铁炉生铁料消耗高的原因，他们采取了相应的措施：减少风压，适当增大边缘煤气，减少中间煤气，使边缘炉温增高；采用鼓进热气，提高炉温，从而使化铁炉吨铁吃废钢降低至94公斤，转炉吨钢生铁料消耗降低了60公斤，达到预定目的。按照废钢和生铁的差价计算，仅是这样的一项技术改革，全年获经济效益就可达到149万元。

车间里的化铁炉30米高，就像一个巍巍巨人伫立着。报告文学是特别讲究现场感，我要求沿着炉壁一级级如蚂蚁钉般的铁扶梯爬上去，亲自到炉口看看究竟。开始，冉工有点犹豫，因为，这种扶梯很简陋，实际上就是铁条焊在向上的炉体上的，两旁没有扶手，抬头看去，有点恐惧。后来，见我态度坚决，还是答应了。冉工告诉我，往上爬的时候，千万不要往下看。说完，她主动走在前面，一步步往上爬去。一介巾帼，步履坚定、轻巧无声，给我信心、勇气、激励，所有的惊惶、胆怯，顷刻烟消云散了。终于爬上化铁炉的炉口了，冉工给我详细讲解炉内生铁烧结的情况，通红通红的一片沸腾的铁水，里面果然有少许没有烧结完全的废渣一类的东西，从表面看，它们的颜色虽然也是红的，但色彩显得深多了。

观察是体验和感悟的前提。置身在炽热的高高的炉口，我体味到，他们在炼钢，同时也在锤炼自己。千锤百炼，终于成就辉煌的人生。他们是钢城的主人，他们更是锤炼我们时代的前行者。钢城的旋律如此动人，盖源于此吧！

## 遇到一轮红月亮：《亚细亚的太阳》的诞生

又是一次超越人们想象的奇遇：

1989 年 8 月中旬，时任江西师大中文系副主任的我，和政教系的系主任王长理一起去北京出差。我们乘坐火车从南昌出发，坐的是卧铺。我睡中铺，王主任年长，他睡下铺。我们一路谈天说地，为了解闷，我饶有兴味地谈了文坛的许多奇闻轶事。车到石家庄，再过几个小时，我们就可以到北京了。

当时没有动车，从南昌到北京要坐三天两夜的火车，我们都为即将结束这段漫长而艰辛的旅程而高兴。此时，突然，睡在我对面的一位中年女性坐起来主动和我打招呼，并递过来一张名片，我一看，是北京日报事业部的记者，名叫薛锦。她说道，一路上她都在听我们两个人谈话，她发现，我就是

和张百发、薛锦合影，右一为本书作者

她走遍全国所要找的人。

我吓了一大跳。

原来，她是负有特殊使命的"星探"：受有关部门的委托，寻找一个可以担任亚运工程总撰稿人这样的一个角色。几乎走遍了全国，都没有找到理想的人选，没想到在回北京的火车上十分偶然地遇到了我，她悄悄地听了我们无意中的闲聊之后，居然发现我是"最理想的人选"。

我就这样被她"逮"到了。

我无法推辞，只好答应。天大的重担就这样戏剧性落到我的肩膀上。尔后，我奉命进京，一头扎进亚运工地，经过近一年的艰苦努力，全景式记录亚运工程的长篇报告文学《亚细亚的太阳》，终于在 1990 年 9 月 23 日即北京第十一届亚运会隆重开幕前夕由北京十月出版社出版。一出来就被抢购一空。

此书的构思很有意思。

这一天，夕阳西下，我坐在刚刚落成的国家奥林匹克中心旁的一张石头椅上休息。吹来的风很是凉爽，周围很静。我突然发现，北京的太阳真大、真美，金色，灿烂、辉煌、瑰丽，令人震撼至极！太阳，太阳，燃烧的太阳，瞬间把我这段时间采访和体验生活的独特感受点燃了！正在紧张施工中的亚运工程，不就是一轮无比壮美的太阳吗？伟大的中国人民用肩膀托起这轮太阳，光焰万丈，照亮崛起的亚洲，也照亮了世界。我负责创作的这部展现亚运工程的全景式的报告文学，就叫《亚细亚的太阳》吧！

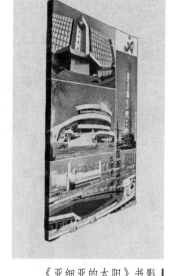

《亚细亚的太阳》书影

别具异彩的构思和结构接踵而来。

此书，我创新地运用太阳式的圆形结构。第一章，以天安门为中心，画一个大圆，重点写亚运工程的决策，题目是：北京，升起了亚细亚的太阳；第二章，画一个中圆，以亚运工程集中的北郊为中心，写诸多工程的建设情况，题目是：北郊，一片神奇的土地；第三章，画个小圆，以人们高度关注的亚运村为中心，题目是：亚运村，我终于认识了你；最后一章，是中心的一个点，重点写当时攻坚的电视转播工程，题目是：一颗迷人的中国星。

此书题材重大，构思新颖。出版以后，《光明日报》头版头条以《亚运丰碑起笔端》为题，报道了我完成这一作品的情况。其他报刊也做了类似的报道。我以特邀嘉宾的身份，

应邀参加亚运会的全部活动。我在全国文坛上的成名，就是
从此书开始的。


## 先后在人民大会堂和中南海举行首发式：
## 大型纪录片《神奇的汉字》享誉全国


命运之神特别钟情于我，奋进的大道更是越走越宽广了。

我从北京载誉归来不久。有一天，江西师大的张传贤校
长兴冲冲地拿着一张支票，走到我的办公室，笑吟吟地告诉

我：香港著名的企业家安子介先生不仅事业有成，而且精通六国文字，是著名的语言学家，他非常重视汉字，曾经拿了20万元人民币，请他在北京的代理人张德江先生，做个宣传汉字的节目。结果，花去了16万元，什么也没有做成。他到北京，恰巧遇到愁眉苦脸的张先生，得知此事，没有事先征求我的意见，自告奋勇地把剩下的4万元领来了，交给我去做。当时的4万元是个大数字。我听到后，连忙推辞，告诉张校长，我是从事文学的，和语言是两条路。张校长是讲授马列主义著作的专家，他十分信任我，说道，我已经替你承担下来了，不干也得干，说完，就把4万元的支票扔下就走。我无可奈何，只好承担下来。

做什么呢？排一台节目，不仅钱不够用，而且很难创作。思来想去，我突然想到用电视纪录片的形式，来表现有关内容。关于宣传汉字的电视纪录片，以前有人拍过，但只停留在知识阶段，要做，就必须突破藩篱，创作新的高水平的作品。我不敢怠慢，请来了读语言学研究生的几位学生参加工作，虚心向他们了解汉字研究的最新成果，并请他们参加摄制组的工作，他们欣然答应。经过讨论，我们确定以"汉字是中华民族的根，汉字是中华民族的心"为全片的主题。

我认真阅读所有的材料，提出的独特构思是：片名《神奇的汉字》。全片共四集。第一集：历史回音，重在写汉字的历史渊源。第二集：智慧之光，重在写汉字在开发人的大脑方面的神奇作用。第三集：美的旋律，重在写汉字书法之美。第四集：走向未来，重在写汉字在计算机中的运用及其优势。

结论是：汉字是科学、易学、智能型、国际性的优秀文字。是中国的第五大发明。二十一世纪将是汉字发挥威力的时代。全面且有点高屋建瓴意味的构思，得到大家的认可和赞同。

电视纪录片是需要靠镜头说话的，每集十五分钟，四集就是一个小时，每个镜头只能两三秒，需要大量的镜头。怎么办？主镜头如何设计？我到过全国不少著名的风景区，发现几乎每个景区都有大量的古老的碑刻文字，那是历代书法家、作家、学者留下的瑰宝，用这些跨越千秋的文字作为主镜头，不仅漂亮、风格各异，而且气势非凡、文化厚重，适当配上景区的风景，实在是非常好的选择。

构思如闪电，创作太有意思了！

我执笔完成解说稿。大家读后，信心倍增。记得当时参加摄制组工作的陈海洋，他是年轻老师，激动地说："我们这部片子，要'打进'中南海！"意思是能引起中央高度重视，大家都以为他说大话、吹老牛！没有想到，果然化为现实。

摄影很重要，我精心选择江西电视台一流的摄影师和江西师大电教馆的摄影教师，组成实力雄厚且精干的摄影队伍。他们对担任这部纪录片的摄影很感兴趣，因为，这几乎是到全国著名的景区痛痛快快地旅游一遍，何乐而不为！

摄制组从南昌出发，南下福州，直奔鼓山，深山中不仅有气派的千年古刹，气象万千的悬崖绝壁上，还有大量的碑刻，似乎正在悄然等待着他们的到来。其次到泉州，在驰名的清源山，拜谒朴实憨厚的太上老君岩石像和奇僧李叔同修炼的遗址之后，阅尽风雨的碑刻文字也尽收囊中。离泉州仅7公里的九日山，是海上丝绸之路的起点之一，山势叠叠奔腾，岩石峥嵘，绿树掩映，山后戴云山余脉逶迤，山前晋江流水蜿蜒荡漾，真是"溪流演漾，峰峦映发，奥衍明秀，隐为一区"，而山中的碑刻文字，更是力透石壁，摇曳生姿。尔后，到厦门，鼓浪屿日光岩的碑刻，雄奇、壮美、风流、浪漫；南普陀寺后面的碑刻，一个近两人高的"佛"字，超然世俗，令人神往，其他碑刻同样美不胜收！从厦门北上杭州、苏州、泰山、北京，西转西安等地，摄制组辗转全国驰名风景胜地三个多月，拍摄了大量的有汉字的山水风光历史镜头。有如此丰富的镜头语言精心编织起来，此片的确不同凡响。

有一个至今难忘的细节：片子剪完之后，4万元的经费只剩下500元了。配音怎么办？我们请来了两个播音员，一个是我的学生曾志华，她留校当老师，语音不错，还有一个叫亢路，是个从小得小儿麻痹症的残疾人，我听过他唱歌，音色极好。他们两个人都是第一次给电视纪录片配音，没有任何经验，当时也没有现代化的设备，只能在录音室对着镜头配解说。结果是一遍成功。真是奇迹！此片轰动全国以后，担任配音的曾志华，被调入北京中国传媒大学播音主持专业专教配音，亢路曾经被央视看上，得知他是残疾人，行动不便的情况后，只好罢了。

此片制成以后，送到北京，于1991年10月，先后在人民大会堂和中南海举行首映式。我出席了人民大会堂的首映式，江西省委、省政府和江西师大的领导，出席了在中南海举行的首映式。央视多个频道滚动播出此片，《人民日报》海外版分四天刊发全部解说词。

此片的成功，轰动了全国。

我得到的最大收获是：江西师大鉴于我的特别奉献，破格评我为教授。当年，评教授很严格，我是全省获此殊荣最年轻的幸运者。

## 你想当教授吗？我的两本专著

我对文学创作特别感兴趣，除了上课之外，业余时间都沉醉在神秘莫测、其乐无穷的文学创作天地里，尤其是加入中国作家协会以后，那种对创作狂热的劲头，更是有增无减。

那是我创作的井喷时期。我把全国的报刊当作高地，不断地攀登上去，从最有影响的《人民文学》《人民日报》开始，有计划地把比较理想的稿件投向它们，当时的编辑用稿的风气也好，我不认识他们，也没有通过什么关系，就这样投过去，居然一一都被采用了。就在我头脑发热的时候，系主任胡守仁先生把我叫进了他的办公室。

胡守仁先生（1908—2005），字修人，号拜山，江西吉安市人。从1941年起任华中大学、武汉大学讲师，中山大学、中正大学、南昌大学、江西师范学院、江西师范大学教授及江西师范大学中文系主任、名誉主任、终身教授。曾任江西省社联副主席、江西省古典文学研究会名誉会长。在我的眼中，他是个德高望重的学者，一脸慈祥的菩萨相。早就超过退休年龄了，但还是出任师大中文系的系主任。

他对我们这些教师是很客气的，一进门，就招呼我坐下，站起来给我泡茶，我连忙自己动手。待坐定，一双眼睛静静地看着我，和蔼地问："你想当教授吗？"

原来，老爷子早就盯住我了。他谆谆地教导我，作为写作课教师，积极从事文学创作，取得实际的经验和体会，有利于教学，但理论上并不能偏废，凭作品可以进中国作家协会，教师职务升级，从副教授到教授，必须要有理论成果，按照当时的规定，必须要有较高水平的专著才可以。

真应当感谢这位老先生的提醒哟！我恍然大悟。我固然不乏论文，专著问题却被我抛之脑后了。从他提醒以后，我在坚持创作的同时，立即把写专著的项目提到日程上。我同

《散文创作艺术》书影

《写作的艺术》书影

时开始两本专著的写作，一本是《散文创作艺术》，一本是《写作的艺术》。

在一次全国性的学术会议上，我发现北大的佘树森教授也在写《散文创作艺术》一书，我并不因此而感到紧张，因为，他的视角是从理论入手，我的视角是从实践入手。十多年的创作实践，使我对散文创作的殿堂有了比较深入的摸索。

例如，散文创作的关键在哪里？我认为是"发现"二字。散文固然可以从写自己和自己熟悉的生活起步，但不能长期停留在这个初级阶段，应当认识新的世界，认识新的人、事、景、物，并从中汲取创作的营养，才能保持创作的青春和活力。

如何提高自己的发现能力？

需要有敏感的思想、艺术的触觉，还需要机遇。异彩纷呈的生活并不慢待作家，出乎人们乃至自己的新发现，往往是照亮成功的火炬。

正因为此书联系实际，言之有物，1988年10月在辽宁教育出版社出版之后，受到读者的热烈欢迎。

《写作的艺术》则是从比较开阔的视野研究写作的一部书，没有停留在一般的介绍知识层面上，而是从动态的过程探索写作的奥秘，对写作的一系列的关键节点进行理论与实践相结合的考察，其中包括选材艺术、触发艺术、构思艺术、炼意艺术、结构艺术、意境创造艺术、辩证艺术、语言艺术八大板块。内容丰富，新意迭出，受到文坛的好评。

例如，如何解读和破译"构思如闪电"这一现象？我在书中是这样描述的：

> 在具体的创作中，感情的触发，往往能引发作家原有的生活积累，它的作用，犹如一根哧哧冒烟的导火线，引发一捆威力无比的炸药，骤然"爆炸"开来，而呈现出无比瑰丽雄奇的景象。有了这个"爆炸"，构思中才会出现神思飞越、万物皆动的壮观画幅。

"构思如闪电"就是这样产生的。这是我创作中的亲身经历，触发其实是灵感引发构思，不仅把关键点说清楚了，而且言之形象，让读者获得真实的感受、感悟。此外，这本书的语言，我试着使用轻松洒脱而且多变的散文语言作为叙述方式，既有一定的理论高度、深度，又有阅读的兴致和美感。读者喜欢，专家们也认为是一种创新。此书在1989年9月出版，首版5171册，销售一空。当年获得江西省社联社科成果评比二等奖，中国写作学会科研成果二等奖。

两本专著先后出版，首先得感谢胡老先生。说实话，我对理论的研究兴趣不大，造诣平平。写作界曾经提出，成功的写作教师，应当是作家兼学者。学者是偏重逻辑思维的，在抽象思维的天地里纵横驰骋，而作家基本是用形象思维的，在形象思维的高远蓝天天马行空。两者俱兼，难矣！

## 第一部散文集《山城水清清》的出版：
## 令人感到特别温暖的时光

1990年6月，我的第一部散文集《山城水清清》在江西百花洲文艺出版社出版，应我的请求，我敬重的著名学者郭风先生为我作序，他在序中这样评价：

> 我为世豪同志若干年来致力散文创作所取得的成果，深受感动。在世豪同志的散文作品中，我觉得到"五四运动"以来散文界前贤所创造的散文传统被接受；他的作品出现了自己的散文味。他是新时期出现的一位散文作家。所以，他的作品中不可能不渗透一种当代的文化意识、当代的民风。他对于传统散文民情、民俗的感知，与当代出现的事物和意识的理解，不是勉强的，而是无间地融化于他的若干篇章中，从而出现了很新鲜的散文情趣、散文味。

郭风先生已经驾鹤西去多年，重温他的话语，我依然倍感亲切。提起这位慈祥的老前辈，情不自禁地想起感到特别温暖的时光：

"文革"期间，郭风先生被下放到我的故乡浦城县九牧镇杉坊村，那是极为偏僻的山村，全村只有3户农家。同期下放到浦城的还有全国著名的散文家何为先生，1978年，他的一篇《临江楼记》，轰动全国文坛，我同样很喜欢何为先生的作品，但无缘相识。郭风老师就不一样了，经老朋友浦城籍作家季仲先生的引荐，我第一次见到了郭风老师。初次见面的情景，我依然记得很清晰：

《山城水清清》书影

那是上世纪七十年代末，当时，他住在福州的黄巷，这是属于福州著名的三坊七巷中的一个老巷子，街道很窄，历经岁月风雨，满目沧桑。我们是晚上去的，昏黄的路灯下，我们走进一座旧式的房子，老季告诉我，这是一座危房，墙壁已经开裂，从各地回到省城的作家、艺术家们因为没有地方可以住，不得已只好暂时住在这里。郭老师的房子不大，家具也全部是老式的，显得有点拥挤。大概是刚从乡下回城吧，一脸风尘的郭风老师显得还有点疲惫，他质朴、谦和，穿着更是平常，毫无大作家的派头，老季给他介绍我，他频频地点头，温暖的目光始终落在我的身上。郭老师有个习惯，晚上八点半就要休息。因此，我们不敢多谈，在回答了郭老师对我的询问之后，便匆匆离开了。

此后，虽然还有几次见面，但时间都不长，印象并不深。在我的感觉中，他是个慈祥且十分关爱后辈的文坛老前辈。

1989 年 8 月，我的第一本散文集《山城水清清》即将由江西百花洲文艺出版社出版，叫谁写序呢？我立即想起了郭风老师。在老朋友、知名的散文作家陈章武和时任《港台信息报》主编、中学时期的老同学祝文善的陪同下，我找到郭风老师，我捧着出版社编好的一大沓书稿，向他提出了我的请求，他没有推辞，立即答应，此时，他的两鬓已经花白，身体也大不如前了，但目光仍然是亲切如家人。写序的人不仅要读完书稿，而且要认真分析、研究书稿的特点等，是件劳力、劳神的苦差事，直到后来自己也成文坛的前辈，有朋友和年轻人找我写序，我才真正理解和感受到为他人作序的艰辛。

郭老师做事特别认真，他为我的这本书写的序，更是如此。

从他的序中，我感到受到的最重要的启示和鼓励，除了肯定我创作的散文继承了"五四运动"以来前贤们所创造的传统外，就是"散文味"这一全新的提法。关于"散文味"，我在汇报《山城水清清》一文的创作中，已经试作了解读。郭风先生是具有丰富创作经验的散文界的老前辈，他从"散文味"的特殊视角评点我的散文，既是鼓励，更为重要的是明确指出了我今后创作的方向。一个普通的"味"字，太值得令人品味不尽了。

郭风老师远去。捧读他为我写的序，如深情的叮嘱，句句入耳、入心。这是我的幸运和幸福。

这部散文集的主打作品，是写我的故乡浦城的，主要收录发表在《散文》《人民日报》《光明日报》《羊城晚报》《福建文学》等报刊上的作品。浦城是座有着一千八百年历史的古城，是个文化积淀特别丰厚的地方。其次，就是写我的第二故乡江西的，我在那里工作了二十多年，得到全国文坛尤其是江西文坛朋友的鼎力扶持。其三，收集进此书的散文作品，皆是在全国各地报刊上发表的，我十分感谢编发这些作品的编辑。在当时的文坛上，我尚是一位后起的作者，当年，我有个今天看来颇为幼稚的想法和做法，即把全国的主要报刊，当作一个个高地，选择自己认为比较好的作品，逐一发过去。当时，编辑的作风真好，除了江西报刊的编辑以外，我基本上不认识他们，就这样以自由发稿作者的身份发过去，居然大部分都被采用了。发稿以后，我才认识了这些为他人作嫁衣裳的可敬编辑。

出书不易，当年能够出个人的散文集更不容易。此书的责任编辑是江西百花洲文艺出版社的李鸿。失去联系很多年了，借此表示深深的敬意和祝福。

第五章

大海之歌

人生之路，越走越宽广，厦门，大海的故乡，走进这一天高海阔的地方，文学创作也进入一个全新的阶段。

## 首飞晋江机场：
## 拍摄大型纪录片《潮涌晋江》趣事

在我的感觉中，拍摄电视纪录片是颇有情趣的事情。

那还是 1995 年夏天的事情了。我应邀带领一个摄制组到晋江拍摄大型电视纪录片《潮涌晋江》。我任该片的撰稿人，走遍了晋江的 16 个乡镇，写出的解说稿，曾在《泉州日报》上刊发，得到好评。纪录片的镜头感十分重要，晋江地处海口，整个地形很像一只横着走的红膏鲟。为了把该片做成精品，我建议组织航拍。如果通过航拍，展现出来的镜头，就非常大气而且具有强烈的冲击力了。

到哪里去弄飞机呢？当时还没有无人机，要航拍就要用有人驾驶的飞机，一般是用直升机。我告诉晋江的人们，我可以弄到一架特殊的飞机，来完成这次航拍的任务。

原来，我曾受厦门日报的派遣，去撰写厦门艾迪轻型飞机公司的一篇通讯，这是厦门造的飞机。飞机制造属于高新精密技术，很不容易！该厂设在厦门市郊的殿前，厂区只有2000多平方米，从厂长到工人也只有20多人。产品是由南京航空航天大学和美国艾达素有限公司合作研制的。早在1985年就试飞成功并获得有关部门的生产许可证。南京航空航天大学飞机系的研制者们，参加过我国多种机型的设计，不愿意重蹈昔日不少重大科研成果的覆辙：一旦试验成功，却因为种种原因无法投产，只好束之高阁，人们只能偶尔从学者的论文中一瞥那迷人的异彩。于是，他们到厦门创业，办起这家具有某种神秘色彩的微型"航空城"。经过这些创业者的努力，这款达到当时国际上最先进水平也是国内最先采用鸭式气动布局飞机设计模式的超轻型飞机，终于制造出来，并走向市场，在国内外颇受欢迎。该飞机取名"艾迪"即AD-100型，系英文AD的谐音。我写的《艾迪，您好》一文，在1995年5月9日的《厦门日报》（"海燕"副刊）的头条刊发。正因为如此，我认识了这些来自南京的飞机设计师，并和该厂的厂长，具有传奇色彩的试飞员李小兵成为好朋友。

有这等关系，我当然很顺利邀请到他们到晋江来进行航拍了。

艾迪这款飞机很有趣，设计完全和一般超轻型飞机不同，呈现出倒装的特殊格局。三叶的螺旋桨不是在机头，而是在机尾。主翼很长，展开有10米之宽，而前翼却很短，且装在机头上。方向舵竖立在主翼尖上。机头有点扁。因此，从正面看去，很像是一只嘎嘎叫着展开翅膀向你扑飞过来的鸭子，幽默有趣。所以，这种飞机又叫鸭式飞机。飞机总重量只有160公斤。还可以把飞机拆卸成机身、翅膀等部分，不到半个小时，又可以组装起来，很是方便。当我和机组人员把拆卸了的飞机用皮卡运到晋江市委大院里的时候，人们都好奇地看着机身有点像癞蛤蟆似的怪物，用怀疑的目光看着我，问："这个玩意儿可以飞起来吗？"时任晋江市委书记的施永康是我的厦大同学，大学毕业后又曾在同一个农场劳动锻炼过，他想得更周到，轻声地问："这家伙飞到天上，安全吗？"人命关天，他作为领导，安全第一，更是丝毫不敢懈怠。

飞行器上天，是要经过军区有关部门严格审批的，在所有手续都办妥之后，我们选择在晋江机场起飞。当时，晋江机场刚刚建好，据说，还没有验收。机场管理同样很严格，我们拿着有关批文，才允许进入机场。

在宽敞、整洁的跑道一端，我们卸车、组装，一个天蓝色的漂亮的"唐老鸭"式的飞机就出现在人们面前了。因为是"首飞"，晋江市委、市政府还特地派来了几个年轻干部。李小兵穿着飞行服，一头钻进比小轿车车头还小的机舱，两个机械师，都是南京航空航天大学教授级的人物，分别站在艾迪飞机的机尾，他们用手紧紧地拉着螺旋桨的两侧，仿佛生怕这只"唐老鸭"跑了似的。

"轰隆隆"一阵响，显然，李小兵已经发动了飞机，螺旋桨瞬间旋转起来，马上就要起飞了！

突然，有一个手臂上挂着红袖章的中年人从不远处跑出来，大喊："不准飞，不准飞！"大家吓了一跳。

李小兵跳下飞机。飞机熄火了，但螺旋桨还在慢悠悠地转动。

"为什么？"

"把跑道跑坏了怎么办？"这个突然跑来的中年人话音一落，大家情不自禁地哈哈大笑，那有点放肆的笑声，在空旷的机场里久久回荡。

后来，我们才弄清楚，这是个管跑道的工作人员，机场疏忽了，没有把我们"首飞"的事情告诉他。说明情况并得到证实之后，他才不阻拦了。

这只"唐老鸭"白底蓝条纹，轻巧、雅致，一个人就可以拖着走，如果这样的飞机就把跑道轧坏了，数百吨重的飞机上了跑道，那岂不要把跑道轧成豆腐渣？大笑之后，我虽佩服此人的负责精神，但不得不为他的无知感到悲哀、可笑！

飞机重新启动。轰隆隆的马达声像悦耳的歌唱，只见机尾的螺旋桨越转越快，被两位机械师紧紧拽着的"唐老鸭"轻轻地跳动，仿佛已经按捺不住驰骋蓝天的渴望了。忽地，只见两位拽着机尾的机械师一声喊："放——"，"唐老鸭"在跑道上只滑行20多米，就摇摇晃晃地飞起来了。开始，翅膀有点往下垂，只听到空中传来清脆的"乒"的一声响，翅膀瞬间就平展展地张开，"唐老鸭"轻盈而平稳地越飞越高。

蓝天无垠。抬头仰望，艾迪的飞行姿势特别逗，因为螺旋桨在屁股上，飞机往前飞的时候，很像是倒退着走。"唐老鸭"飞临晋江青阳上空，许多好奇的人都拥到门外去看新鲜。

"首飞"晋江机场成功了！一幕喜剧就这样徐徐揭开序幕。

李小兵率领的航拍组在晋江飞了一个多星期，多数是在晋江机场起飞和降落。但因为晋江有些乡镇距离比较远，我们就用皮卡载着飞机，在公路上安装，然后就地起飞，降落也在公路上。不过，每次起飞和降落，都要断一会儿交通。感谢各个乡镇的干部，他们为了飞行的安全，极为负责，每一次都在起飞和降落的地区，前后用木马等设置障碍，并亲自到现场维持秩序，严防车辆和牛羊进入艾迪起飞和降落的地段。

艾迪飞机的座舱设计，特地考虑到摄影的需要，靠飞行员一侧的窗户玻璃是密封的，而和飞行员同一排座的座舱玻璃，特地在中间开了一个比碗口还大的圆孔，摄影师可以把镜头伸出窗外。我业余偶尔写纪录片，每次都需随摄制组行动，航拍时飞过直升机，直升机视野开阔，但噪声太大，拍摄时必须关闭音响系统。艾迪的噪声很小，在飞到200米高空后，因为翅膀长，非常平稳，李小兵告诉我，艾迪甚至可以当滑翔机使用，万一油料不够，还可以降落到水面或草地上。

航拍深沪湾时，往下一看，吓了一跳，底下不远处，居然就是金门岛，国民党的旗帜都清晰可见了。我提醒李小兵："不要被人家像打鸟一样一枪打下来了！"李小兵笑着回答："不会的，因为他们也知道，这只是一个如玩具般的飞行器。"

这个"唐老鸭"只能坐两个人。飞行员和座客之间，有个圆圆的如举重杠铃一样的铁饼，那是用来平衡的，谁的体重轻，就把这个铁饼移过去一点，其设计，简单而实用。

后来，晋江机场隆重地举行了一次真正的首飞，一架波音客机特地从这里腾空而起。我荣幸地被邀请参加这次典礼，我特地在人群中搜索，但始终没有发现那位我们"首飞"晋江机场时，说我们飞的"唐老鸭"会轧坏跑道的那位中年人。是被辞退了，还是他根本就没有参加首飞这样典礼的资格，不得而知。我没有问，因为，人世间的许多事，尤其是诸如此类的搞笑之事，本是不必打破砂锅问到底的。

大型纪录片《潮涌晋江》终于获得成功，在央视播出。

## 挑战《哥德巴赫猜想》：改动一个字，跑了三个月

徐迟论陈景润："数学上的巨人，其他方面都是傻子。"我的定位："数学上的巨人，其他方面都是孩子。"改动一个字，跑了三个月。我为自己在偶然中的独特发现而激动不已。

创作不是重复，而是责无旁贷的超越。超越自己，更困难也是更重要的，是努力超越名家、高手。

1997年春，我受厦门大学出版社的委托，创作长篇人物传记《陈景润》。这是一个颇有难度的任务。因为，在我之前，著名

《陈景润传》书影

作家徐迟先生曾经写过关于陈景润的报告文学《哥德巴赫猜想》，一时洛阳纸贵，轰动全国。他以极富诗意和想象力的生花妙笔，刻画的独具个性的陈景润形象，几乎已经在读者的心目中成了定格。

对我来说，要写出有别于徐迟先生的陈景润，是一次严峻的挑战，好比是攻克文学上的"哥德巴赫猜想"，并非易事。

我曾经在武汉见过徐迟先生，那是一个才气横溢的诗人。或许，是出自诗人非凡的想象能力，他在报告文学的创作上，有一个观点：主要事实必须真实，而某些细节是可以虚构的。对此，我当然不敢苟同。如果对徐迟先生的报告文学《哥德巴赫猜想》吹毛求疵的话，那就是在细节上的某些失真。据

陈景润、徐迟等合影，前排左一陈景润，左二徐迟，左三秦牧；后排左一黄宗英，左二王南宁，左三周明

了解，徐迟采访陈景润，只花了一个星期左右的时间。以如此短暂的时间，能捧出轰动和影响全国文坛的扛鼎之作，不得不让人赞叹！

写人物传记，最关键的是人物的定位。认真研究徐迟先生写的报告文学《哥德巴赫猜想》，可以发现，他给陈景润的人物定位是：数学上的巨人，其他方面都是傻子。

真实的陈景润果真是如此吗？

1981年，厦门大学隆重举办六十年校庆的时候，我曾经见过陈景润。给我最深刻的印象是，他并不像徐迟先生写的那样一身傻气，而是礼貌、热情、周到，且洋溢着些许的儒雅之气。当时，我根本没有想到以后会去写他。现在，时过境迁，陈景润已经去世，唯一的办法，就是老老实实地沿着陈景润一生所走过的道路，认真地采访、体味、感受、领悟、理解这位传奇式的人物。

于是，我在老朋友、责任编辑王依民的陪伴下，从陈景润的故乡，福州郊区的胪雷村走起，开始艰难又极有兴味的采访历程。在胪雷村，我仔细地观察陈景润的旧居，一栋青砖砌成的简朴的民房，里面空无一人。认真地倾听他少年时代的朋友以及熟悉他的乡亲，谈他们眼中的陈景润。接着，到福州，几经曲折，找到了陈景润的弟弟，听他介绍陈景润的有关情况。在福州仓山，寻觅他中学生时代的足迹。陈景润当年就读的英华中学，已经成为今日的福建师大的附中，在这里，居然被我发现了陈景润的成绩册和借书的记录。

陈景润得病以后，曾经到福州中医院治疗，我找到当年替陈景润治疗的专家，并和他们交上了朋友。后来，又去了三明，寻访陈景润遗落在那里的踪影。至于在厦大，我更是访遍了陈景润的同学和老师，得到他们全力的支持。陈景润写给他们的大量书信，包括他的论文手稿，也全数到了我的手里。最后，我们到了北京，在陈景润工作的中国科学院数学研究所，整整住了十天。该所的李书记经常陪着我们，在陈景润生活和工作过的每一个现场，他非常详细地介绍陈景润当年的情况。有不少材料，闻所未闻，让我受到强烈的震撼。例如，在"文革"期间，饱经摧残的陈景润曾经被逼得跳楼自杀，他从三楼的窗户上跳了下来，被伸出的窗沿挡了一下，又奇迹似的掉到一棵树上，最后，才滚落到地上，侥幸地捡了一条命。

特别应当感谢陈景润的夫人由昆女士。她多次接受我的采访。每一次都掉了眼泪。她是最了解陈景润的人，给我形象而生动地介绍了陈景润的有关情况，尤其是许多真实生动的细节。有一回，她感慨地说道："我一边要工作，一边要照顾两个小孩：一个小小孩由伟，还有一个老小孩，那就是景润。"说完，自己也情不自禁地笑了。

由昆女士的话，恰似火光一闪，一个全新的感悟油然而出：那便是灵感，那便是我花了整整三个月时间苦苦寻觅的智慧之光。陈景润的准确人物定位，无意中被最熟悉、最了解他的由昆女士一语道破了。那就是：数学上的巨人，其他方面都是孩子。

一字之差，面目全新。

改动一个字，跑了三个月。我为自己在偶然中的独特发现而激动不已。我终于踏在徐迟先生的肩膀上，前进一步了。此时，所有采访到的材料，顷刻鲜活起来，一个活生生的陈景润，依稀从他的故乡胪雷村向我走来。这真叫作踏破铁鞋无觅处，得来全不费工夫。

尔后，我花了约两个多月的时间，完成了这部16万字的长篇人物传记《陈景润》。因为经过了三个月的采访，又准确地确定了人物定位，写起来很轻松。该书出版之后，厦门大学举行了隆重的首发式，由昆女士带着由伟，特地从北京前来参加。她在首发式上发表了热情洋溢的讲话。对这本书的评价是这样说的："我读完了沈教授写的这本书，一个活生生的、有血有肉的景润就站在我的面前了。"说完，热泪长流，泣不成声。感谢厦门电视台的同志，他们也准确地捕捉了这个细节。由昆发自肺腑的话语，对我是极大的鼓励和充分的肯定，也成了宣传这本书最动人、最有说服力的广告词。

在很短的时间内，《陈景润》连续印了3版，发行6万册。在厦大，厦门市新华书店，都出现了读者排长队踊跃购买此书的盛况。后来，此书还被荣幸地列入全国中学生百部必读作品之一。国内外有不少网站，全文转载此书。看来，改动一个字，跑了三个月，是很值得的呀！

## 央视《新闻联播》报道：沈世豪的两部作品获大奖

我平时比较少看央视的《新闻联播》，完全没有料到，这个权威节目，却把我推上去了。

1995年12月17日《厦门晚报》以头版的显著位置，发表一篇通讯《足迹向远方延伸——沈世豪和他的路》，此文一开头，这样写道：

> 12月10日晚，中央电视台新闻联播的一则消息，可谓让鹭岛的文化界兴奋不已——厦门教育学院教授沈世豪先生的两本青年读物力作《中国有个毛泽东》和《走向辉煌》，荣幸地获得第五届全国优秀青年读物一等奖和二等奖。

又一次出乎我的预料。

因为第五届全国青年读物评奖，大作、佳作如林，且有一定的权威性，而我一人得一、二等奖，在无比兴奋之余，更多地引起我深沉的思考。

《中国有个毛泽东》一书，1994年获得由中宣部主持的第四届全国"五个一工程""一本好

《走向辉煌》书影

书奖"，再次获奖，我不觉得奇怪，《走向辉煌》（青年版）怎么也能够获大奖呢？

1994 年，正值中华人民共和国建国四十五周年，江西人民出版社的老朋友又找来了，要我用政论体报告文学的形式，写新中国成立四十五年的辉煌历程。这不是写国史吗？我一听，感到非常惊讶！也不知他们是怎样想出这个选题的。

在老朋友面前，我知道推辞是没有用的，关键的问题是怎么做。

显然，这是一部全景式的报告文学，必须勾勒出新中国成立四十五年发展的全貌，但又无法面面俱到，更不可能进行详细的书写。因此，首先，必须抓住时代发展的重要节点，围绕主旨，择其精要而写之；其次，这是文学作品，不是论文，切忌空洞说教，要有具体的叙述、描写以及画龙点睛的议论；最后，根据出版社的要求，要把改革开放的新时代作为全书的重点。要实现这三个要求，的确有相当的难度。

回忆这本书的构思很有意思。

全书的大板块：回首峥嵘岁月，前三十年奠基、发展，后十五年改革、开拓、奋进，构成了无比恢宏壮阔的历史画卷。

内容共十章，开始有个引言：中国人民站起来了。最后有个结语：走向辉煌。

前三十年为三章，分别是：废墟上的奇迹；艰难的探索和开创；崛起于世界民族之林。

后十五年为七章，分别是：伟大的历史转折；又一次星火燎原；城市改革的攻坚战；从小窗口到大国门；伟大的杰作："一国两制"；理想之光和精神文明之果；轻舟已过万重山。

每章根据内容，分别为三到五个小节。

这样的编织，基本把新中国成立四十五年发展历程的重要节点扫描清楚了。创作如此厚重的全景式的长篇报告文学，在构思上要打破常规，运用焦点扫描的方法是个好办法。

构思即大局确定之后，关键就是行文了。此书是典型的奏响主旋律的作品，写这类作品，最大的忌讳就是说空话、大话、老话，言之无物，让人生厌。政论体报告文学，除了议论的准确并有新的发现以外，在运笔上，必须有浓郁的文学色彩，调动叙述、描写、抒情等文学手段，让作品鲜活乃至飞动起来。且看第十章第一节《南巡卷起千重浪》的开篇：

深圳，中国改革开放的最前沿。

1992 年 1 月 29 日，已是 88 岁高龄的邓小平，千里南巡，专列徐徐地开进了火车站。

"杀出一条血路来！"当年，邓小平把目光凝视着这片和香港咫尺相望的土地，下达了改革开放的进军号令。深圳带动了广东，广东带动了全国，形成了一马当先万马奔腾的局面。

八年了。弹指一挥间，邓小平重游旧地，这位中国改革开放大厦的奠基人，中国改革开放战略的总设计师，集数年的深思熟虑，将郑重推出一套更为完整、更为成熟，因而也更为宏伟瑰丽的韬略。

精深的思想，是照耀人民共和国的一轮太阳。

时代，选择了深圳。深圳的冲击波，又一次影响了时代。

邓小平是务实的，南方之行，谈笑之间，却有万里雄风。

邓小平是敏锐的，绵里藏针，岁月为水，洗不尽他那独特的风采。

还是春节期间，风从南方来，又一次催开了亿万人民心中绚丽的花朵。

激情洋溢的诗性语言，不仅可以消融政治说教的呆滞和生硬，而且可以蕴含和容纳更为丰富的内容，此书的发行量高达 260 万册，以今天的观点来看，应是一个难以想象的天文数字，行文是个重要的原因。我是个只管耕耘不问收获的书生，因为是老朋友委托写的，双方没有签订合同，说实话，当时也没有想到此书有如此大的发行量，只觉得能够写出来给老朋友和出版社交账就可以了，丝毫没有考虑到经济效益。因此，书出版后，只拿到当时千字百元的基本稿酬。扣了税之后，只有 1 万多元。不过，能够获得如此殊荣，已经很满足了。

第六章

探索之路

文学创作是很有意思的劳作。其乐趣在于不断地求新、发现、探索。当然，并非每一次探索都能够得到圆满的成功，但探索的过程，虽是艰辛，却令作者乐在其中。

## 可以用散文写党史吗？《太阳之歌》的探索

2001 年，中国共产党成立八十周年，江西出版社的老朋友又找上门来了，由江西出版集团的负责人邓光东先生出面，请我写一本关于回首中国共产党走过的八十年峥嵘历程的长篇政治抒情散文，题目为《太阳之歌》，实际上就是用散文来写党史，这是一次艰难的探索。

此书的创作，有三大难题：

一是题材重大。我面对的是奔腾浩瀚的历史长河。中国共产党八十年的光辉历程，事件、人物，尤其还牵涉党内错综复杂的

《太阳之歌》书影

路线斗争，难以驾驭。

二是史实浩若烟海，我不是研究党史的学者、专家，很难把握其中的真实感和分寸感。

三是散文这种体裁，一般以抒发个人的感怀为主，短小精悍，不容易全景式、立体化地表现如此厚重、恢宏的内容。

面对难题，我的构想是突出此书的史诗性、哲理性、文学性。要有如大河奔流的磅礴气势和崇高的审美境界，努力追求交响诗式的风格，切忌写成抽象的教条式的政治说教。这是一次和历史的心灵对话，一次思想、情感、气质、人格的交融，一次深刻的灵魂洗礼。

我向来喜欢散文，在这片园地里耕耘不息。对这本书的艺术构思是：充分发挥散文长于抒情且潇洒自如的长处。根据散文的要求，我在滔滔的历史长河中选取最为精彩的细节、侧面、片段，以此延伸开去，采取一事一节或一人一节，单独成篇；然而，各篇之间相互又有内在的联系。全书以史为线，时空交织，将长篇的宏大的框架结构和短篇的精美细致巧妙地结合在一起，创造一种"化大为小、化虚为实、化抽象为形象、化生活为艺术"，与众不同的崭新的艺术构思方式。如果以今天时尚的视角看，就是讲好中国的红色故事。

举一个简单的例子：

陈独秀是中国共产党"一大"到"五大"的总书记或委员长，在中国共产党的创立和发展中，他功不可没；然而，他的错误的"二次革命论"，却最终给全党引来了杀身之祸——轰轰烈烈的第一次大革命惨遭失败。因此，寻访陈独秀，走进烟雨苍茫的历史，走进一个特殊人物的心灵天地，走进一代知识分子的思维王国，就很值得深思。不是简单地介绍这个在中共党史上有特殊地位的人物，而是把他放在波澜壮阔的党史中进行解读，历史的时空和作者对这个人物的见解相交融，作品就有比较厚重的内容和分量。在这一节的末尾，我这样写道：

> 寻访陈独秀，寻访血染的一页历史。聆听那不凋的岁月的回音，别有一番滋味在心头。

是抒情，更是深思之后发自肺腑的感怀。

白居易在《与元九书》中曾经提出一个重要的观点："文章合为时而著，歌诗合为事而作。"其中的"时"是现实，也就是说作者应当关注现实，具有一定的使命感。或许，正因为这个原因，这部洋洋18万言的书于2001年2月正式出版之后，立即引起强烈的反响。

2001年7月10日，由福建省作家协会、福建省文联理论研究室、厦门市文联、作协以及江西百花洲文艺出版社，在厦门举行长篇散文《太阳之歌》的研讨会，来自全省的30多位作家、评论家和新闻媒体记者共聚一堂，进行了认真的研讨。省文联主席徐怀中、省作协主席陈章武、厦门市文联主席毛振亚、作协主席陈慧瑛等出席发言，省文联理论研究室主任王炳根主持会议。研讨会开得很成功。其中，评论家林丹娅结合自己的阅读经历，认为这部作品让党史与散文结合，通过细节运用，使严肃的、尖锐的话题具有个人的、自己的话语，表达了一种深沉的意蕴。与会的人们还就历史如何与文学相结合，主旋律作品怎样更具有艺术生命力以及文艺批评等尺度的问题，展开了深入的研讨。此次研讨会获得成功。

此后，全国文艺评论界的大咖们也纷纷出手，对此书进行评论：

何镇邦先生以《历史　激情　哲理——读长篇抒情散文〈太阳之歌〉》为题，在 2001 年 4 月 24 日的《文艺报》上发表评论，他是这样评价的：

> 这是一部熔历史、激情与哲理于一炉、叙事与抒情、议论结合得比较好的散文作品，是一部形象化、抒情性的中国共产党的党史。

缪俊杰先生以《团团出天外　熠熠上层峰——读沈世豪政治抒情散文〈太阳之歌〉》为题，在 2001 年 4 月 12 日的《光明日报》上发表评论，他是这样评价的：

> 作者善于把历史的理性叙述，与强烈的情感抒发结合起来，把历史事件的文学描写与哲学思考结合起来，充分运用散文挥洒自如、长于抒情的特点，把笔下奔腾的历史长河，描写得雄浑料峭，闪现强烈的艺术魅力，从而使这部作品具有强烈的史诗性、深刻的哲理性和浓郁的文学性品格，读来令人回肠

荡气，又受到深刻的教育与启迪，能够把人的精神引到一个新的更高的精神境界。

刘锡诚先生以《献给党的颂歌——读长篇抒情散文〈太阳之歌〉》为题，在 2001 年 5 月 13 日的《福建日报》上刊出，他的文中这样写道：

> 在阅读这部散文的时候，时时被作者笔下那一幕幕革命斗争的场景和革命者英勇的事迹所感染，被作者强烈的政治热情和火焰般跳动的情操所激发。在现代的社会条件，即市场经济条件下，特别是长期的和平生活和拜金主义思想的泛滥，很少能读到这样洋溢着思想力量、闪耀着理想光芒、弘扬革命正义、鞭挞现实丑恶、发人深思、催人上进、给人精神力量的作品了。读这样的散文，无异于在干渴的沙漠里痛饮了一瓢凛冽的清泉。

各位大咖的评价是对作品的充分肯定，同时也是对作者的深切鼓励。

《福建日报》派出王国苹、刘晓军两位记者对我进行专访，在 2001 年 8 月 30 日的《人物春秋》栏目发表了通讯《沈世豪：用散文话党史》，生动地记叙了我创作这本书的经过。

《厦门日报》在中国共产党八十周年诞辰的前夕，用整版的篇幅推荐和介绍此书。这是作者的殊荣。

我深知，大咖以及文坛领导、文友的文章和发言，有不少是溢美之词，此书属于探索性的作品，在对历史人物和事件的开拓深度等方面，还有许多不足。创作艰辛，能够得到如此之多的肯定和鼓励，又是一件十分快乐的事情。

## 意外的惊喜：《泰山一片月》的幸运

文学创作给我带来太多的惊喜，使我的生活充满乐趣。

2002年春夏之间，我在厦门教育学院任教。有一天，有个同事兴冲冲地告诉我，他的孩子在厦门外国语学校读书，那是厦门一所著名的中学，昨天晚上，根据老师的布置，全文背诵我的一篇课文，但睡了一夜，到早上竟然全忘光了。我听到以后，觉得很是意外和惊喜。

《语文读本》书影

文坛的人们都知道，能够选入中学生的语文课本，是一件非常难得的事情。后来，我请这位同事把他的孩子的课本拿来给我看一看，看后，我才知道，这是富有盛名的语文出版社出版的与《义务教育课程标准实验教科书语文》（七年级上）配套的读物《语文读本》，能上这个读本全是国内外的名家。看到我的一篇散

124

文《泰山一片月》也位列其中，当然感到意外惊喜。

不久，我查阅网络，便发现了有全国著名的语文特级教师分析这篇文章，还有他们设计的教案，皆做得很好，有些我自己没有想到的，都被他们分析出来了。二十多年过去，至今，此文和关于《泰山一片月》已经进入百度文库，感谢一位不知名的"小编"，将此文的阅读答案整理出来了。附上，请大家分享：

## 《泰山一片月》阅读答案

导语：阅读题作为语文考试考核中的一部分，是非常地重要与不可或缺的。它可以综合性地考核学生学习语文的情况。下面是小编整理的《泰山一片月》阅读答案，希望能够帮助到大家！

## 《泰山一片月》原文

泰山月，是很美的。那空明澄碧的月色，令人想起潺潺的清泉。坐在泰山极顶的观月峰上赏月，云淡风轻，玉盏般的圆月，悄无声息地悬在空中，那样地清，那样地静，恰似一泓蓄满琼浆的晶亮亮的湖，恍如一伸手，就可以掬下一杯清冽冽的甘露哩！我见过西子湖畔的平湖秋月。十里荷花，一派烟云。月儿刚露脸，漫天就抖下迷迷蒙蒙的雾，那月色总是潮润润的，妩媚中颇有几丝缠绵。泰山月的韵致，却迥然不同。万里平畴，独尊一岳。那月光，明朗得很，干净得很。上了南天门，便是"天街"，凡尘淘尽，一碧如洗。

"天街"两侧，庙宇，古道，高楼，绿树，剔透玲珑，纤尘不染，全浸润在脉脉的月色里。极远的地方，有一缕洁白的云霓，轻盈而扶摇直上，欲乘风飘去，那便是中华民族的摇篮黄河吗？游目骋怀，你不得不赞叹古人创造的"月华如水"的妙喻。泰山一片月，消融了山的险峻，树的苍凉，消融了古庙的寂寞，峡谷的幽深。白日里，"云端挂天梯"的"十八盘"，此刻，也完全失却了峭拔和威严，而幻成泛着银晕的飘带，宁静而温柔地飘浮着、飘浮着。万籁俱寂。泰山山腰的柏洞，月景又是另一番韵味。这里是古松古柏的世界。洞水清清，滋润着满山森森的古树林。

二三百年的老树，只能屈居小字辈。莽莽苍苍的树林中，极少野草和杂生的小树。勤快的山风，就像是不辞辛苦的清洁工人，洒扫庭除。月光遍地，树影婆娑。细细看去，斑驳陆离的坡地上，仿佛还有扫帚留下的痕迹，给人一种如返古朴故园的暖融融的感觉。从山上俯视，月下松林，一派素装，高洁，雅致；从山下仰望，浓墨如泼、虚实相间，恰似一幅气势磅礴的写意画。泰山的月亮，也贪恋这块净土，从浩渺遥远的天庭中，竟忘情地落在那剪影似的逶迤的山脊上。走着、走着，仿佛只要紧走几步，就可以走进明镜般的月亮里去。

　　泰山山脚，有一座普照寺，曾是冯玉祥先生隐居过的地方。当年，抗日战争爆发，正值国家民族危亡之秋，冯先生深明大义，在张家口组织抗日同盟军，力挽狂澜，不幸屡遭暗算，失败以后，便来到这里。一页悲壮而苦涩的历史，永远镌刻在这块土地上了。寺中的筛月亭，是赏月的佳处。逝者如斯夫，只有一轮明月，深情而依恋地辉映着一片琼楼玉宇。一棵相传是六朝老僧种植的千年松，虬枝弯曲如盘龙，英气逼人，枝枝丫丫，旁逸斜出，松叶如针，令人肃然起敬。月行中天，丝丝缕缕的月光，从枝繁叶茂的缝隙中筛落而下，骤然间，掠过几丝晚风，树梢一阵沙沙地颤动，摇落的月光，似片片雪花，使人通体生凉。待定神看时，杳无踪迹，树影又恰似凝住了。那一棵棵历经沧桑劫难的古树，竟看不到一丝枯枝败叶，它们抖擞精神，悄然屹立着，是独享这圣洁的佛国之乡的清幽恬静，还是悉心期待着那日出东方、普照大地的气势恢宏的一幕？曾听一位青年散文家说过：我们的时代，是一个月亮的时代。乍听起来，新奇之中未免有点茫然。上了泰山，才真正理解这话中的诗味和哲理：月亮是美的，美化着山，美化着水，美化着严峻的历史和人人向往的未来，也美化着一颗颗不泯的心哩！

这是阅读的问答题:

题目:

1. 本文是写"泰山之月"还是写"月下泰山"?

2. 作者写了哪几个景点?各突出了这些景点的什么特征?

3. 第 2 段写"平湖秋月"的作用是什么?

4. 第 4 段写冯玉祥将军的文字是否有用?为什么?

5. 为什么青年散文家要说:我们的时代,是一个月亮的时代。

答案:

1. 是写"泰山之月"。

2. 景点:观月峰,南天门,柏洞,普照寺。观月峰的月色,突出"清"和"静";南天门的月色,突出"月华如水";柏洞的月色,突出古朴、故园暖意;普照寺的月色,突出沧桑、圣洁,让人感受到凝重。

3. 平湖秋月的特点:十里荷花,一派烟云。月儿刚露脸,漫天就抖下迷迷蒙蒙的雾,那月色总是潮润润的,妩媚中颇有几丝缠绵。写平湖秋月是通过对比,衬托出泰山月的"万里平畴,独尊一岳"的气势。

4. 这段文字很有作用,增添了泰山月的历史沧桑感。

5. 我们的时代，是一个月亮的时代：表现了对新时代的歌颂，让人如沐春风。社会安定，人们过着和平幸福的生活。

七年级上是初一，专家制定的月考题是：

1. 请用三个字概括泰山月的特点。
2. 说说"泰山月"与"西湖月"有何不同？
3. 对山脚普照寺月光的描写，突出了什么？
4. 为什么说我们的时代是个月亮时代？

答案是：

1. 美、静、清
2. 泰山月明朗、干净；西子湖畔的月潮润、妩媚、缠绵
3. "清幽和恬静""宁静而温柔"
4. 美丽的时代，充满希望的时代

《泰山一片月》一文首发于1985年8月13日的《羊城晚报》，能够选上《语文读本》，是作者、作品的幸运；也深深感谢语文出版社和当年签发此文的责任编辑高风先生。

第七章

急流勇进

在文坛上，我总是觉得自己是个幸运者，奋进的时代，居然有如此之多分量厚重且情趣横溢的重大题材，对我特别青睐。

## 帆船之缘：长篇报告文学 《搏浪扬帆八万里》成功的奥秘

2011 年 11 月 3 日，厦门经济特区成立三十周年的喜庆日子，"厦门号"帆船带着厦门人民的重托，勇敢地扬帆启航，首次开始了沿着地球的自然地理轨迹环球航行的壮举；2012 年 9 月 14 日，终于凯旋。336 天激荡人心、气壮山河的海上长征，搏浪扬帆 8 万里，一次次地闯过惊涛骇浪，九死一生。为了弘扬"厦门号"勇于走向大海、拥抱世界的大无畏精神和厦门人的风采，厦门市委、市政府的有关部门郑重地委托我写一部长篇报告文学，真实、形象、生动地报告他们环球的英雄事迹。

我非常高兴地接受了这个光荣的创作任务，并开始了为期 3 个月到"厦门号"帆船队体验生活的历程。"厦门号"船

作者在帆船前留影

长魏军，一头花白的短发，敦厚、壮实、干练、沉着的北方汉子，被厦门称为最勇敢的男人，亲自驾帆船，一次次带着我下海。

厦门的海雄奇壮美，晴天，一碧万顷，湛蓝湛蓝的海水，如梦如幻，雪白的帆升起来，如展开的翅膀，催动帆船贴着海面缓缓前行，天水相接，一望无涯，风情万种。风帆是古老的神话，当人类升起了第一叶风帆，就标志着从混沌走向文明，从陆地走向江、湖、河、海。李白诗云："长风破浪会有时，直挂云帆济沧海。"当风帆化为超越时空的海洋文化的符号，它就获得了永恒，成为一代代勇于乘风破浪扬帆远航勇敢者的旗帜。正因为如此，帆船运动才如此令人神往。

或许，是考虑到我的安全吧，每次乘帆船下海，魏军都选择风平浪静或者风比较小的日子，其好处是利于采访，我对魏军和帆船队员的采访，大多是在船上完成的，但无法体验到"厦门号"帆船在闯过被称为"海上坟场"的合恩角和险象环生的好望角时，那种在狂风恶浪中命悬一线、几乎陷于绝境中生死拼搏的感觉。因此，我要求魏军选择一个风比较大的日子带我下海。

机会终于等来了。

前一天，魏军告诉我，第二天有风，而且稍大，我们下海。我很是兴奋和期待。

第二天早上八点多钟，我们从五缘湾码头起航。海上果然有风。估计只是三四级吧，但航行了500米以后，风越来越大，船行到离岸1000米左右，大海突然如一匹烈马咆哮起来，哗哗作响的巨浪，一浪高过一浪，气势汹汹地凌空扑来。魏军告诉我，现在的风已经增大到8级以上。我们乘坐的系J8级的轻型帆船，只有6米长，在波涛滚滚的茫茫大海上，如一片飘落的树叶，在风浪中激烈地起伏颠簸，忽上忽下，一会

在海上风浪中体验生活，左一为本书作者

儿，船被浪高高抛起，一会儿，又突然滑到深深的峡谷。一颗心几乎悬空了。帆船倾斜到将近70度，大半个身子都浸泡在水里。佩服魏军娴熟高超的驾船技术，在突然袭来的如此恶劣的海况中，他沉着、冷静，帆船就像一条泼喇喇的鲸鱼，在风浪中飞速穿行。紧张、刺激，更有豪气横溢！

突然，正在掌舵的魏军大喊了一声："不好！"

我抬头一看，原来船已经超过当时的"海峡中线"，离金门岛很近了。一艘金门方的巡警船，鸣着汽笛，急速向我们驶来。

糟糕！我们要当"俘虏"了。

一个飞来的铁钩，啪地落在我们的船头，金门方的巡警船拖着我们的帆船，绕过一块巨大的黑色礁石，驶进港湾里。

当时，厦门和金门的关系不错。我们被带进巡警船内的一个船舱里，金门方招呼我们坐下，礼貌地给我们泡茶，询问我们为什么越过"海峡中线"闯到金门来了。魏军给他们解释，我们是在训练中被大风刮过来的。没有查问我们的身份，只是给我们每个人照了一张相，嘱咐我们，下一次不要再来，就结束放行了。

有惊无险。

我们平安回到厦门以后，厦门市原副市长、时任厦门市政协副主席的潘世建同志，他是厦门帆船运动的领军人物，我们是老朋友，热情地称赞我很勇敢，要奖励我。

"怎么奖励？请我吃海鲜吗？"

"不！你乘过直升机吗？"

我摇了摇头。他领我到位于海边的厦门直升机机场，陪着我，上了一架漂亮的小型直升机，在厦门上空惬意地绕了两圈。

这真是对我最好的特别奖赏呀！

此时，风停了，天高云淡。风景奇秀的厦门市，如诗如画，尽收眼底，不由令人为之沉醉。回味今天在八级以上大风中体验帆船的经历，我感悟到了：狂风恶浪并不可怕，驾驭风云的帆，矫捷如燕地穿越风风雨雨，是农耕时代的骄傲，更是引导人类走向已经到来的海洋世纪浪漫而飘逸的云彩。"厦门号"环球壮举的深意也就源于此吧！

《搏浪扬帆八万里》书影

2013 年 11 月，近 24 万字的长篇报告文学《搏浪扬帆八万里》由鹭江出版社正式出版。厦门举行隆重的首发式。

我与帆船从此结缘。尔后，多次参加帆船赛，成为一个帆船运动的爱好者。我很喜欢帆船界的一句名言："升起风帆，你就看到整个世界。"这就是海洋文化无比诱人的魅力吧！

## 独辟蹊径出奇迹：
## 长篇报告文学《生命至上》的成功

《生命至上》书影

这是一个有相当难度的具有强烈攻坚意味的创作任务。

2016 年 9 月 15 日即中秋节，高达 17 级的"莫兰蒂"超强台风正面袭击厦门。专家评定，此为 1949 年以后登陆闽南最大的台风，狂暴至极，无情地洗劫和摧残了美丽的厦门。全市的国家电网基本被摧毁。5 座高压塔被彻底毁坏。80 多座上百吨重的吊塔被拦腰折断。65 万多棵行道树乃至数百年的古榕树被连根拔起。全市房屋倒塌 17907 间。交通、输电、通信、供水等设施大批被摧毁，直接经济损失高达 102 亿元。台风过后，满目疮痍、一片狼藉。全市数十万军民投入灾后重建的工作。面对着这场惊心动魄的灾难和灾后人们的奋战，我受厦门市委宣传部、市文联的委托，在第一时间，深入现场采访，向全国报道厦门抗灾的真实情况。

这是真正的大场面、大题材。发生在厦门的这场惊天动地的大事件，最值得人们惊叹并具有最高价值的厦门抗灾经验是什么？

当时，从中央到地方媒体，大量报道了厦门军民灾后重建的感人事迹。我没有满足各类媒体对这一重大事件的报道，而是在台风过后的第一时间里，老老实实地深入到抗灾的第一线，跑遍了厦门6个区直至街道，跑遍了厦门各个局直至所管辖的各个领域，从陆地到海洋，从普通民众到各级领导干部，同时深入到参与抗灾以及重建家园的各支部队，整整花了三个多月的时间，在掌握大量第一手材料的基础上，经过认真的分析、研究，终于发现：厦门这次抗御"莫兰蒂"超强台风，最为感人的成果，不仅是在很短的时间内，就重建了被台风蹂躏乃至摧毁了的家园，重现了厦门这座海滨都市的迷人风采，更为重要的是创造了因灾死亡1人、重伤2人的旷世奇迹。我认为：厦门最重要的经验是八个字：以人为本，生命至上。从而提炼出具有深刻意义和重大价值的"生命至上"的主题。

这是我用脚步丈量出来的沉甸甸的结论！也是创作此书的新颖的视角。

抗击如"莫兰蒂"超强台风这样破坏性极强的天灾，最重要的目的是什么？尽最大的努力和可能保护人民的生命安全。天灾无情，而且往往超出了一座城市以及人们的抗击能力，厦门这一奇迹是怎样创造的？

抓住"生命至上"这一视角，几乎所有原来觉得十分芜杂的材料，宛如听到一声威严的号令，全部重新排列成整整齐齐的队伍，站在我的面前。

全书的构建焕然而出，第一章，"莫兰蒂"来了；第二章，指挥部：决策第一、精准到位；第三章，安全网：生命至上、一个不少；第四章，海上大点兵；第五章，保障如山；第六章，在"莫兰蒂"台风的涡旋中；第七章，救树、救树、救树如救火；第八章，人民子弟兵来了；第九章，满城皆是"红马甲"；第十章，共产党员：冲锋在前，砥柱中流；第十一章，城市血脉：电、水；第十二章，疾风知劲草。以写平常的老百姓展示民众力量最大为结束。这样的构架，有总有分，形成疏密相间、有条不紊的系统。

进入创作阶段之后。灾前，全市建立起来落实在每个市民的严密、科学的安全网；得知灾难即将到来时，指挥部迅速果断且精准到位的灾前大转移；陆地、海上的惊心动魄的大营救……难忘的一幕幕重现在我的面前，一个个基层干部和普通百姓，以他们特殊的风貌不断向我走来："独臂支委"吴海静，危急时刻救人的街道人武部干事陈龙飞，市气象局的首席报道员周学鸣，到抗灾现场送水的残疾人陈玉华，"一条腿温暖了半座城"的谢启明……他们用自己的实际行动，谱写了动人的厦门故事。

厦门抗击"莫兰蒂"超强台风，是一场上下一致、全城动员、数十万人主动参与并直接牵涉到400多万人口的大战，在确定全书构架的时候，既有气壮山河、扣人心弦的大场面，也有精致入微令人潸然心动的细节刻画。这是一本向世界充分展现"厦门精神"异彩的鼎力之作，在举世瞩目的厦门金砖会晤的前夕隆重推出，更是具有特殊的意义。

我想通过此书告诉人们，告诉我们赖以生存的世界，厦

门之所以在抗击"莫兰蒂"超强台风中，能够以极少的人员伤亡代价，取得辉煌的胜利的旷世奇迹，绝对不是运气所致，而是各级领导、组织和人民群众、部队指战员共同奋斗的结果。细读此书，人们可以深深地感悟到，厦门这座城市之所以被称为文明的城市，一个极为重要的方面，是恪守以人为本的宗旨，极端重视保障人员的生命安全，经过多年的苦心经营，预先就编织好覆盖全市科学的严密的安全网，在"莫兰蒂"台风到来之前，审时度势，果断组织了数万人员的大转移，而台风肆虐之际，有组织的大营救，更是凸显成效。因此，才把最为重要的人员损失降到最低限度，谱写了值得高度重视"天生万物，唯人为贵"的城市人文精神。厦门的抗灾经验具有很重要的借鉴价值，并得到国家有关部门的充分肯定，最重要的地方就在这里。

经过艰苦的努力，2017 年 8 月，全景式报告厦门抗击"莫兰蒂"台风的长篇报告文学《生命至上》一书正式出版。《厦门日报》于 2017 年 10 月 1 日，以整版的篇幅发表记者写的《厦门作家沈世豪　以真实温暖的文字　揭秘"厦门奇迹"》一文，全面报道我创作此书的过程。

## 高坊之缘：我为打工妹打官司

高坊是个颇有灵气的村庄。村前，是清凌凌的溪水，村后，有个颇具规模的高坊水库，而水则是从刘伯温隐居过的匡山流下来的，清澈、明净，蓄水的大坝建在两座山的峡谷之中，有 70 多米高。正因为如此，出现了"高峡出平湖"的壮丽景致。现在，名叫匡湖，成为匡山景区之一。村前村后有了鲜活的水，村里的民居、树木，以及周边的田野，给人的感觉就是不一样，古诗云："岸阔莲香远，流清云影深。"漫步村中，便有了深深浅浅的清新脱俗之意。

我和高坊村的缘分，是由一件非常偶然的事情引发的。

1995 年 7 月 29 日，我当时在厦门教育学院工作，突然，接到一个陌生的电话，是高坊村的一个打工妹打来的，她急促地告诉我，一个和她一起打工的工友叫雷晖，因为劳作时，发生事故，被酒精严重烧伤了，得不到救治，情况异常严重。她们不知从哪里弄到我的手机号码，打电话向我这个老乡求救。我第一次遇到这样棘手的事情，灵机一动，连忙给当时在厦门电视台任副台长的老朋友邹振东打电话，请他想办法。应当深深地感谢这位危难之中果断伸手相助的资深媒体人。他得知消息后告诉我，情况紧急，救人要紧，马上开着电视台的电视转播车赶到现场，并立即找到该厂的老板，要求立即将被烧伤的雷晖送医院救治，不然，立即公开报道这一事件。

这一着救了我的这位小同乡。但也因此让我意外地担负起为雷晖向工厂索赔的责任。经过八个月的医治，雷晖终于可以站起来了，她被定为伤残10级，按规定，厂方要赔她27138.7元钱。这在当时，可是一个不菲的数字。结果，厂方不答应，我义务作为雷晖的代理人，只好打官司。

我对法律是外行，不得不去学习《劳动法》等有关文件，并出庭为这个不幸的打工妹争取应当得到的权利。对方请了非常专业的律师。第一次厦门市劳动仲裁庭就此案开庭的时候，我站在委托代理申诉人的位置上，当然也不能示弱。我请了厦门电视台、各报社的记者朋友前来助威，一时轰动了媒体，也引起有关领导对此案的重视。现在来看，这是个事实很清楚的案子，但因为种种原因，这场官司前后整整打了三年。我深深感受到，中国人打官司，除了事实以外，非常重要的是人脉，即社会关系，从一定视角看，打官司打的是实力。这个官司从市里打到省里，居然牵涉到诸多方面。最后，在不少热心朋友包括领导的鼎力支持下，1998年12月22日，厦门市劳动争议仲裁庭终于作出最后裁定，一次性支付申诉人伤残抚恤费等各种费用 27138.7 元，本案的受理费、处理费全部由对方即被诉人承担，这意味着，我这个代理人没有辜负雷晖的厚望，官司打赢了！

这场官司的胜利，比我的作品得到国家大奖还要高兴。

雷晖应约到厦门来领这笔费用的时候，她激动得放声大哭！

富有戏剧性的是：我和这个工厂的老板打成了朋友。关于我这个教授为打工妹打官司的传奇故事，在《厦门晚报》和武汉的发行量数百万册的《知音》杂志都发了详细报道，成为媒体的美谈。详细内容就不再赘述了，因此，高坊村以这种特殊的形式走进我的生活之中。

我和雷晖一家就这样成为超出一般同乡之谊的朋友，这就是缘分吧！

雷晖后来拿到这笔钱回到家乡，出嫁到离家不远的位于浙江龙泉县花桥镇管辖的一个山村里，丈夫是农民，过着勤劳、淳朴、幸福的生活，还生了一个女儿，而今，这个女孩子已经长成大姑娘，上大学了。或许，是因为给高坊村的雷晖成功地打赢了一场官司，因此，在当地的百姓之中，我得到他们的赞誉和信任。

前些年，我应邀回到浦城参加一个会议。得知一个消息，高坊后面的匡山正在建设国家级的风景区，准备把旅游中心建在高坊村，但因为征地问题，有 19 户村民迟迟不肯签字，所属的富岭镇书记和镇长多次去做工作也没有解决。我得知消息，连忙请镇书记和镇长陪着我和我的爱人一起到高坊去

作者和雷晖一家合影，右一为本书作者，右二为雷晖

做帮助说服村民的工作。

我们是稀客，一进村便引起了不少村民的好奇和兴趣。雷晖的父亲当然更是高兴。在和村干部、村民一起召开的座谈会上，我意外地见到五十多年前小学的老同学，而且，迟迟不肯签字的村民中，有一个重要的人物，居然就是我小学时很要好的老同学。

毕竟是老同学了，我没有给他讲什么大道理，只是亲切地对他说："你还是带头签字吧！不然，我就住在你的家中，帮忙做村民的工作。"

他笑了！

一场关于征地的麻烦事，居然就在这样超越半个多世纪的老同学的邂逅中轻松地解决了。

当然，这两件事不是我有什么特殊的本事和能力，世界上的不少难事或麻烦事，如同一个死结一样，只要找到某个小小的活络点，往往就会出现令人为之惊讶的奇效和意外的结果。

世界上没有神仙，也没有显灵的菩萨；有时，你自己就是神仙和菩萨。

## 钥匙在哪里？大型电视纪录片 《春花烂漫》的撰稿要诀

2011 年 8 月底，学院已经开学了，我正在准备新学期上课的内容，突然接到一个紧急通知，要我立即赶往省城福州，说有一个重大任务正等待着我。

到了福州我才清楚事情的缘由：原来，中国共产党的第十八次代表大会即将召开，时任福建省委书记亲自拍板，要拍摄一部全景式反映福建改革开放三十五周年的大型纪录片，题目就叫《春花烂漫》。此片筹备近一年了。拍摄如此规模宏大的大型纪录片，第一关就是撰稿。最早是请北京的两位著名作家做的，他们忙了半年，写出来的稿件没有通过。后来又请了福建省内的两位作家，干了半年，文稿又没有通过。这时候，负责拍片的央视摄制组，由专题部主任贾志坚亲自带队，带着全套设备飞到福州来了，没有本子，怎么拍摄？

负责此片的省委宣传部领导急了，不知如何是好。此时，福建电视台的老朋友，郑重向省委宣传部领导推荐了我，于是，这个"球"就踢到我的手里。

对此，我毫无思想准备。

这的确是个大难题！福建改革开放 35 年，题材重大、内容太多，90 分钟的大型纪录片，怎么能够说清楚呢？按照传统的时空设计，不行，按照事件进行安排，也不是办法，前面两拨的作家所遇到的难处就在这里，必须找到开启解决此难题的新钥匙，那就是在全片的构思上另辟蹊径。

关键是寻找到全新的切入点。或许是急中生智吧，脑海中突然跳出一个观念：写老百姓的故事！也就是说，此片不写官员而是着眼于普通百姓，即走"草根"路线，从普通百姓的角度透视改革开放 35 年的时代深层次巨变，用今天的话语来说，就是讲好中国故事。从电视拍摄角度来看，也是比较容易做而且容易出彩的事情。当我把自己的想法和盘托出，首先得到央视摄制组的充分肯定，省里的有关领导同志得知我这一构思，他们也十分赞成！

时间已经很紧了，我告诉摄制组，我提前三天出发，先走宁德这条线，重点寻找老百姓精彩的故事，摄制组随后跟进，我选好点，一边寻找，一边写解说，这种有点超常的做法，实用且很是见效。

为了拍好这部纪录片，省委宣传部给各地下了文件，并派专门的干部陪同我们前行。到了每个地方，有关领导尤其是宣传部门的负责人都高度重视此事。真正到了第一线，到了群众之中，我就像鱼儿游进大海，感受到改革开放大潮中人民群众的故事实在太多、太生动、太丰富了。

这是在武夷山采访到的一个普通农民和香港的大企业家杨孙西先生的故事：

他叫陈荣茂。不过，在武夷山，人们几乎不知道他的大名，而是叫他的绰号：曦瓜，就是西瓜的谐音。他的绰号比他的大名响亮多了。

1991年，他和徐秋生、刘安兴一起到当时的国营企业武夷山市岩茶厂拜师学做茶，后来，工厂改制，他们三人承包了这个有几十年历史的老厂。

1999年，曦瓜他们在朋友的支持和帮助下，第一次走出武夷山，到广州的芳村参加全国盛况空前的茶业展销会，见识了外面广袤的世界。2001年，又参加了香港的"工展会"。当时，在武夷山价格低廉的茶叶，在香港居然卖到200—300元一斤，他们这次整整赚了17万港币回来，他们初步尝到走出武夷山、走向世界的甜头。

2004年，他们得到香港将在维多利亚湾公园举行更大规模"工展会"的消息，不惜花重金申请参加这一活动。他们的设想和愿望得到武夷山市党委和政府的鼎力支持，武夷山市委书记亲自挂帅率队赴港，并带去了阵容不俗的艺术团。2005年，香港的这次规模宏大的"工展会"如期举行。曦瓜他们用 20 克武夷山母株大红袍在展会上进行公开拍卖，结果拍出了 16 万 6 千元港币的高价。此事，经香港各大媒体爆炸性的新闻报道，立即轰动了香港。爱茶且爱才的杨孙西得到消息，颇感兴趣和感动，他就是在这次展会上认识这三位朴实且富有开拓精神的年轻农民的。

这是机遇，更是缘分。机遇和缘分无价，因为，那是可遇而不可求的事业成功的触媒，如果用中国古文化来解读，那就是颇有点神秘意味的天机。

正因为如此，2005 年，杨孙西先生破例连续两次来到武夷山，并直接找到了曦瓜他们，视察了他们这个厂。曦瓜就在这间"曦瓜茶室"招待他们。杨先生问他："有什么困难吗？"此时的武夷山，茶叶销售正处在低谷，价格已经降到最基本的劳务价以下。看到真诚的杨先生，处于困境中的曦瓜如实相告。

应当感谢和佩服杨孙西先生，他立即表示，他愿意出资 500 万元，和曦瓜他们合作，并且告诉曦瓜，将当时处处堆积如山的茶叶全部收购上来，一是可以帮助人们解除困境，二是可以制成陈茶，等待商机。这真是棋高一着、深谋远虑！

因为有了杨先生，曦瓜他们走出了茶业惨淡的2005 年。果然不出杨先生所料，从 2006 年开始，全国的茶叶价格不断上升，甚至可以用"飙升"这个词来形容。2008 年，香港香江集团正式和曦瓜他们的武夷山岩茶厂签订了合作协议，并推出了武夷山香江岩茶的品牌。有了杨先生的直接加盟，曦瓜他们的事业如虎添翼，真正飞起来了。

杨先生为他们带来了全新的经营理念。从此，武夷山市岩茶厂严格按照国际食品标准进行生产，保证了产品质量。他们发挥独有的优势，推出了高、精、尖的特色茶，人们戏称是给"皇帝"喝的茶，驰名的"海西一号"就是这样产生的。此外，他们也大力发展高质量、高品位的商品茶。十分明确的茶业两个发展方向，带来了全新的面貌和惊人的经济效益。于是，喝好茶，找曦瓜，便成为人们到武夷山的自然愿想。从党和国家领导人到各地宾客，云集于此，原因就在这里。

曦瓜和杨先生合作以后，收购了三个茶场，经营规模整整翻了 5 倍。更重要的是国内外市场的开拓，因为有了杨先生和实力雄厚的香江集团的直接参与，他们大踏步地走向一个更为广阔的天地和世界。富有远见卓识的杨先生诚恳地告诉他们，要把事业做强做大，既要保持武夷岩茶传统生产的优势，更要走茶业和旅游相结合，走建立全新的科学自动生产线的现代化道路。于是，一个占地百亩，集茶叶生产和旅游观光等为一体的新基地建设，即将动工。

这三个武夷山的农民，性格不一，曦瓜爽朗、活络，徐秋生严谨、认真，刘安兴内在的感觉特别好。因此，曦瓜任总经理，负责全面兼及外联，徐秋生负责生产，刘安兴负责品茶即产品质量，他们情感上犹如亲兄弟，业务上又是很好的搭档。而他们和杨先生的缘分及因而产生的合作，更是成为改革开放年代发生在武夷山的现代神话！

茶缘，天地之缘，时代之缘！

我和摄制组走遍了全省，收集了不少类似《茶缘》这样堪称经典的故事，个个鲜活、生动，洋溢着浓郁的时代气息和生活情趣。此片终于拍摄成功，并在中共十八大召开之前，在央视播出。2012年10月下旬，《厦门晚报》刊发了记者对我的专访《不讲官员说百姓　"草根"路线获肯定——闽大型纪录片〈春花烂漫〉即将登陆央视，撰稿人沈世豪讲述幕后故事》附上我采风的现场照片，并有温馨提示，《春花烂漫》播出时间：中央电视台12频道《见证》栏目10月28日二十三点首播《茶缘》，10月29日七点二十二分首播《腾飞》，十六点零八分首播《辉煌》。

一块硬骨头终于被啃下来了。

## 献给故乡的最好礼物：
## 《圳边村纪事》一书的意义

《圳边村纪事》书影

圳边村，我的老家，说得雅致一点，就是故园。闽北山区一个很偏僻的村落，位处福建浦城县富岭镇紧靠浙江龙泉县的山坳里。灵秀多姿的武夷山山脉和巍峨壮丽的戴云山脉正好在这里交接。虽然，村子里至今没有出过叱咤风云的将军、元帅，也没有可以让国人为之羡慕的特别有名的"大款"，但芸芸众生的经历和命运，却让人不得不为之惊叹！沿着他们生命的脚印细细追寻，你会情不自禁地感受到，上苍居然会如此慷慨地导演了如此异彩纷呈的人生戏剧。

生命并非浮云。我惊讶地发现：我极为熟悉的父老乡亲，他们的草根人生，不仅是朴实无华地演绎着现代农村生活的缤纷多姿，更是演绎着让人难以破译的生命密码。写入书中的这些人物，有我的家人、亲戚，但更多的是我极为熟悉的乡亲，只要一提起他们，每个人的音容笑貌，尤其是他们独特的人生经历，都一一浮现在我的脑海里。因此，与其说是写他们，更为准确地说，是和这些稔熟的人对话。

非常喜欢鲁迅先生的《朝花夕拾》，虽然此书只有14篇作品，但每一篇都让我为之心动，细细品味这些印记着鲁迅先生生命和情感历程的作品，给我最为深刻的感觉就是亲切，就像和鲁迅先生面对面，听不乏幽默的鲁迅先生，饶有兴致地讲述他的人生故事。"五四"以后发轫的中国现代散文，以自由洒脱丰富多彩著称，前后有60多家，恕我直言，虽然各有千秋，但我私下最喜爱的还是鲁迅先生的散文。或许是偏爱吧，我曾经奢望，能够踏着鲁迅先生的足迹，将我最为熟悉的山村人物特别是他们的人生命运写出来，作为献给故乡的礼物；也把我深深挚爱和牵挂的故乡介绍给读者，介绍给外面的世界。后来，在鹭江出版社的全力支持下，终于如愿以偿。从事教学46年，从事文学创作已经超过半个世纪了，浪得虚名，在这个世人崇尚金钱的时代，无以回报故乡，就以此书聊表一个赤子之心吧！

感谢老朋友，也是我崇敬的学者，即福建师大中文系的著名教授孙绍振先生，他亲自为此书作序，他是这样评价的：

读完此书，人们可以发现，此书不是如今时髦的忆旧之作，也不是单纯抒发思念故乡之情的普通文字，作者深得司马迁笔法之神韵，通过写烂熟于心的40多个乡亲的音容笑貌、性格命运，活现了一个山村的历史和时代的深刻变迁，可以这样说，此书实际是一部有某种史诗韵味的圳边村村史，描绘出中国南方山村的缩影。

你想真正了解农村吗？你想真正了解生活在这片如今已经被无情边缘化的土地上的人们吗？沈世豪这本书，为你提供了难得的真实、生动的文本。

沈世豪是个讲故事的好手。他的经历充满了传奇色彩，而写入此书的人物，和某些较为封闭的农村中的农民截然不同，无论是被命运无情抛到台湾的青年学生华珠，还是机智救出地下党员李益的祖母以及经历过战火考验终于回到家乡的老红军，还有命运极为不幸的"添油和尚"，不得不选择逃亡的村中第一个企业家等等，他们都是非常有故事的人物，这些有名有姓的乡亲，经过岁月的沉淀和作者感情的消融，化为洋溢着浓郁生活气息的艺术形象，读起来，如见其人，如闻其声，给人伸手可触之感。从生活到艺术的升华，并非简单的诗化，而是作者独特的发现、感觉、领悟乃至极为难得的顿悟，创作的难处、突破、精彩诱人就在于此。

非常感谢孙绍振先生的精准评点和鼓励。圳边村是有700多年文化历史的古村落，因为生于斯长于斯的缘故吧，我从小就和村里的乡亲们在一起，写入此书中的人物，我的家人自不必说，其他人物，无论是我的长辈、同辈或者是下一辈，他们令人感到特别幸运的，就是个个都是有故事的人物，而他们用人生书写的故事，不仅形象、生动，而且具有独特性甚至传奇色彩。文学是人学，稍有一点文学修养的人们都知道这句话的深意和分量，正是有如此之多的人物，永远鲜活在我的心中，使我的文学创作相对就有了底蕴。

细节是人物的传神的眉目，我有个习惯，就是用细节记取人物的故事、环境，从文学创作的视角看，细节是无法编造的，有不少读者读过此书，觉得书中的 40 多个人物跃然纸上，几乎可以感受他们的呼吸。究其原因，我认为不仅是记忆力，而是这些曾经朝夕相处的人物，给我的印记实在是太深了，他们依稀已经融入我的血液之中，是乡情，更是乡愁吧！

人生短暂。写入此书的人物，不少已经远去，离开了这个世界，但他们将永远活在我的作品中，他们的子孙以及圳边村的乡亲，将可以在这本书中回味，感受曾经在这片土地上生活过的他们。想到这里，我就感到莫大的慰藉。

人是有根的，文学创作更是如此。我长期在外地工作，心里十分明白，我的根就在圳边村，就在这些可亲、可爱、可敬的乡亲之中。此时，我想起一句颇有哲理和诗意的话语："你走得再远，也走不出故乡的炊烟。"

第八章

前进没有休止符

在文学创作的实践中，我深切地感受和认识到，文学作品是有思想的高度和深度的，但不是简单的政治概念，而是作者独特的感悟和发现。这无疑是创作的难点和值得高度重视之处。

## 打开一把锁：长篇摄影散文
## 《醉美五缘湾》的创作

这是一本很美的书。优美的洋溢着浓郁抒情味的文字，配上 100 多幅的获奖摄影作品，的确是具有相当审美价值的长篇作品。

厦门有两颗璀璨的明珠，一是鼓浪屿，二是五缘湾。鼓浪屿闻名遐迩，享誉中外，二是作为后起之秀的五缘湾，就鲜为人知了。或许，正因为这个原因，我

《醉美五缘湾》书影

受有关单位和领导的委托，承担起此书创作的任务。

为了便于读懂这本书，我在这本书的篇首，写了这样的一段引言：

> 一片天籁，一方净土，当独具神韵的大自然之美和深沉博大以创新为旗帜的人文精神和谐地融合在一起，便幻化出令人为之沉醉的神奇天地。如果说，鼓浪屿之美，系中西文化交融不朽的典范，而五缘湾，则是美丽厦门发展战略中现代城市建设堪称经典的神来之笔！

本书的创作最早是由时任厦门副市长的潘世建同志提出的，后来得到湖里区委宣传部的全力支持。潘是我的老朋友，他对此书的创作非常给力，亲自带着我到现场进行讲解五缘湾开发和建设的详细情况。他是当年五缘湾建设的直接领导者，对这里的每一寸土地都怀着深厚的感情，而且对建设的情况了如指掌。正因为如此，此书写得很顺利。书出版之后，湖里区委还根据此书的内容，组织了一场颇具规模的演出，有大合唱、舞蹈、诗朗诵等艺术形式，效果不错。

创作是需要突破口的，此书的突破口在哪里？

关键是两个字：蜕变。其主要的表现形式，就是破茧而出、化蛹成蝶。

五缘湾原名钟宅湾，位于厦门的东北部，是厦门的古渡口和唯一的少数民族即畲族居住村，是从来都没有开发的处女地。对这片积淀着独特、丰厚传统文化的地方，如何蝶变成现代城市建设的经典呢？

这是洋溢着强烈时代色彩的跨越、腾飞！

就自然条件来说，五缘湾的确是一片天赐的宝地。站在这里一看，湾外的大海，碧水连天，海水特别地蓝、特别地明净，把让人思念的金门诸岛深情地揽在怀里，看一眼都让人心醉。海湾尽处，恰是弦外之音突起，一个如少女般婀娜多姿的水库，莲步轻摇地向人们走来。更让人惊讶的是，这里还有一片厦门最大面积的湿地达85万平方米，有近百种鸟类在这里栖息繁衍。这里还有海水温泉，每天的出水量高达2000吨。海水、淡水、温泉三水合为一湾，可谓是人间奇迹！

仅仅局限于天然的自然之美和深厚的传统文化，在建设现代城市中是远远不够的，其关键是必须用现代文明和现代文化进行深入的审视，并以此为灵魂，开辟全新的世界。

这是具有某种经典意义的例子：

五缘湾的临海处，原来有道旧海堤，就像一把锁，悄然把海湾锁住了，两平方千米的海湾内，密密麻麻都是渔民养殖鱼虾的设施，退潮时更是一片狼藉。

大美和遗憾就这样交织在一起，切莫小看了这把锁，从表面上看，它锁住了大海涌进五缘湾的狂风恶浪，造就了湾内的一片平静的天地，但却隔断了五缘湾与大海的相通，使湾内和湾外形成了两个截然不同的世界。

人世间的许多事情，往往看去芜杂犹如一团乱麻，但解开它的关键之处，就是那么并不经意的一着，正因为如此，人们才有四两拨千斤之说。其时，改变厦门形象甚至布局的环岛路正好经过这里，如何对待这道锁着的五缘湾的旧海堤，就摆上了决策者的议程。

有两种方案可供决策者选择。一是利用这道旧海堤，进行必要的加固，使之成为陆路。这一方案简便易行，而且可以节省大量的资金。二是掘开这道旧海堤，即打开这把"锁"，让五缘湾和大海连成一片，在海湾上架设起一座跨海桥梁。这一方案复杂，而且难度大，花钱也多。两种不同的方案，实际上反映了两种不同的理念和思维方式，封闭还是开放，时代的焦点，就这样戏剧性聚焦在这把"锁"上。

对于海湾的建设和开发，厦门曾经有过筼筜港改造的经验和教训。筼筜渔火曾是老厦门的著名风景之一。当年，在厦门筑起西堤，使筼筜港成为筼筜湖，在湖的四周建设新城。然而，因为没有处理好湖水的水质污染问题，尽管后来不惜工本，进行了大量的补救工作，但始终没有得到真正的解决。

绝对不能走筼筜湖建设的老路。此刻，历史的教训森然敲起了警钟。

经过反复的比较研究，决策者毅然选择了第二种方案。文章有"文眼"，有"文眼"的作品，才能神韵飞动，全盘皆活，经营城市和建设同样如此。打开这把"锁"，就是点亮五缘湾建设神来之笔的"文眼"。要读懂今日五缘湾，必须认识这一"文眼"的神奇和关键作用。

改革开放是厦门特区的主旋律。其旗帜是创新。创新是什么？震撼！

打开这把"锁"，让古老的五缘湾，敞开胸襟，拥抱大海，纳四海之风云，吐天地之正气，何等的气魄！

打开这把"锁"，让期待太久的五缘湾，展开双翅，翱翔蓝天。集创业者之睿智，开新时代之篇章，何等的壮举！

应当由衷赞叹决策者高瞻远瞩鸟瞰全局的意识和聪明才智。

一场气壮山河、响遏云天的改造和建设五缘湾的世纪工程，就是从打开这把"锁"揭开序幕的。

打开这把"锁"仅是全面改造和建设五缘湾的序曲，接着是在五缘湾内清除所有的鱼排养殖设施，然后进行大规模清淤，吹沙造地。

从此，五缘湾成为大海的组成部分。碧波粼粼，湾内，五座桥梁飞架两岸，尤其是五缘桥，更是雄姿英发，如一轮明月升起在海湾上空。

五缘湾的沧桑之变，盖源于思想、精神之变。城市经营是科学，更是艺术，其底蕴是文化，其灵魂是创新，其追求是品位和境界！事实又一次证明，志存高远，让思想腾飞起来，才能得到奇迹的青睐。

五缘湾建设如此，回味厦门走过的历程，从偏居东南一隅的厦门蝶变为国际化的城市，何尝不是如此呢？

## 平潭的真正价值在哪里？长篇报告文学《千年一遇——平潭综合实验区开放开发纪实》的创作

《千年一遇》书影

这是老朋友陆永建先生拿到的项目，并以两人合著的形式（我为第一作者）出版此书。全书洋洋洒洒 39 万字，迄今为止，是最完整，也是最有分量的一本全景式、多角度、多侧面展现这个中外驰名的综合实验区十年走过历程的作品。

当时，永建在平潭担任福建全省到平潭挂职干部的总领队，在平潭前后将近五年时间，挂职期满，他正准备回福州原单位工作。因此，接受任务后，根据管委会的安排，我住进永建原先住的两室一厅的房子，吃饭则到居住地斜对面的管委会处级以上的干部餐厅用餐，办公室发给我一张专用卡，里面有足够的钱，我爱吃什么就点什么，伙食很不错。平潭原来是海岛，海鲜丰富，而且味道特别好，对于我这个爱吃海鲜的人来说，的确是难得的享受。

平潭综合实验区是 2009 年成立的，到 2019 年正好是十年，此书就是为检阅建区十年的成就和经验而写的。我于 2017 年 12 月进入平潭，开始进入采访和体验生活，前后有一年多之久。我走遍了平潭全岛，包括周围开发或尚未开发的海岛。其时，投资600多亿的平潭公铁大桥正在建设，我在工地上采访，住在大海中有6万平方米的超级施工大平台的集装箱里，前后近一周时间，第一次感受到这一宏伟工程的气魄和神韵。

为创作一部长篇，体验生活和采访的时间超过一年，在我的创作生涯中，算是最长的一次了。因为永建在平潭挂职多年，他非常熟悉平潭的情况，而且，他也是一位富有创作经验的作家，给我提供了很好的基础条件，因此，我很快就进入了角色。

平潭综合实验区开放开发十年，题材重大，材料丰富，无疑是属于宏大叙事的作品，此书最为重要的特点是什么？我在这部作品篇首的题记中这样写道：

中国有句老话：十年磨一剑。一个地方要富起来，需要十年，如果要强起来，可能需要的时间更长。举世瞩目的平潭综合实验区走过十年，所有到过这里的人无不惊叹：真是旧貌变新颜了！平潭综合实验区的重大使命，是通过中央特别赋予的先行先试政策，建设海峡两岸同胞的共同家园和国际旅游岛，探索中国对外开放窗口建设的新经验、新途径、新模式。有幸进入国家战略的平潭，十年磨砺、实践、奋斗、创新之路，急流勇进，艰苦卓绝，大气磅礴，沿着创业者的脚印寻觅，平潭是怎样走过来的呢？

怎么走过来的？这既是人们所关心的问题，也是此书所要给读者提供的答案。因此，我首先设计了一个"小引"，即《壳丘头遗址见证》，用3000左右的文字介绍平潭悠久的历史。然后，采取板块式的结构进行组织全书的构架。对于这类题材特别重大、内容过分厚重而且有点繁杂的，跨越时间又比较长的创作项目，我的经验是：千万不可仅仅按照时间的线索，进行纵向的谋篇布局，而是应当采取纵横交织的方式，以问题为中心进行深入的扫描。因此，这本书的主体内容，实际上就是平潭十年间最为主要成就的检阅。我将其列为八大板块：

一、决策

二、建设宜居家园

三、国际旅游岛的建设

四、两岸一家亲

五、蓝天支柱（产业）

六、精英云集（人才）

七、理论异彩（思想）

八、大海的旋律（未来）

如此构架的最大优点，就是把平潭建设十年的条理梳理清晰了。每一个板块之中，可以将相关的内容再进行一次梳理，一个板块犹如一场大戏，而具体的内容则像跌宕起伏的分场戏剧，按照需要进行设置。如此一来，全书就恰似一部

作者在平潭公铁大桥工地体验生活

恢宏的交响乐，随着每一个乐章的演绎、延伸、起伏、发展、高潮、回旋等艺术表现，将一个有声有色的辉煌世界展现在人们面前。

构架实际是全书的设计图。此图画好了，文章就好做了。

要让读者耐心地看下去，非常重要的是要有全新的人物、全新的故事，有了前者，还要有作者独特的感受、体验、发现，其中，发现是具有开启现实的金钥匙。报告文学的创作不能停留在客观材料的层面上，原因就在这里。

用脚步去丈量每一寸土地，用心灵去感念、感悟每一寸光阴，然后用心血写成文字，作为历史与时代的记录，这就是报告文学作家应有的使命。

在平潭的每一天，我都过得很充实、很丰富，我经常被闻所未闻的人物、故事所感动。无数建设者的动人风采，使我深深地为自己能够零距离地深入火热的第一线而感到幸运。

我被平潭感动了！我被平潭的建设者感动了！

在此书的结尾，我这样写道：

时代钟情于坚持不懈的建设者。

因循守旧没有出路，志大才疏没有出路。出路在哪里？脚下！

平潭急切地呼唤神来之笔，平潭十年创业，无愧是神来之笔；已经到来的 2019 年，同样会出现神来之笔。我们期待着。

这就是我的心声。

## 关键在于全新的发现：长篇政论体
## 报告文学《方圆密码》的诞生

文贵创新。此话很朴素，却是真理。

人们看多了红军怎么打仗，却很少看到红军怎么筹款。有句人们耳熟能详的老话：枪杆子里面出政权。其实，实践证明，要真正发挥枪杆子的作用，必须还要有钱袋子的有力保障。枪杆子、钱袋子，缺一不可。

闽西是中央苏区最大且最为重要的组成部分，红色资源极为

《方圆密码》书影

丰富。长期以来，我参加过 20 多次闽西采风活动，几乎走遍了那里的山山水水，熟悉这片红土地。2020 年春，我和何英女士应上杭古田建设发展有限公司的盛情邀请，创作一套以弘扬古田会议精神为主题的丛书，准备迎接 2021 年中国共产党诞生一百周年的盛典。在这一活动中，我们发现了一个重要的现象：人们都认为瑞金是中国红色金融的摇篮，江西人民出版社为此还专门出了一本书。实际的情况是，设在瑞金

的中央苏维埃银行诞生之前，闽西就有了相当规模而且像模像样的闽西工农银行。中国红色金融的源头到底在哪里？经过认真的调查、研究，我惊喜地发现，居然就在我们极为熟悉的闽西。

这是一个崭新的发现，更是一个极具诱惑力的命题！

随着我们探讨目光的深入，红色金融之源的历史大门隆隆地为我们打开。

闽西的红色金融，并不仅仅只是一个具有里程碑意义的闽西工农银行，它呈现在我们面前的是一部完整、系统的而且波澜壮阔的红色金融历史风貌：

它有明确的指导思想即毛泽东合作经济思想。正是在这一光辉思想的指引下，各级建立的严密的共产党的组织，成为领导红色金融的无坚不摧的力量，并形成相对完整的经济体系，尤其是红色金融制度。

它具有深厚的群众基础。从大办合作社开始，当地的各级党组织，动员了苏区千千万万的人民群众参加红色金融建设，使之成为直接服务于人民群众并解决类似"剪刀差"等社会问题的利器。

它突破了传统的民间借贷等经济方式，大胆地引进了作为现代金融标志的股票，并通过发行苏区货币，牢牢地掌握了金融的主动权，而且形成自成一体的金融网络，保障了其安全、顺利地运行。

它恪守"以民为本"的宗旨，不改共产党人的初衷，来自人民，服务人民，目标、宗旨明确，道路越走越宽广。

作者当年在文昌阁的老照片，左起第四人为本书作者

它在实践中形成了具有崇高信仰和运行能力的一支金融队伍，并在实践的磨炼中涌现了一批红色的金融家。正是因为闽西红色金融的成功，才为中华苏维埃共和国国家银行的的诞生创造了条件。

因此，共和国的金融之源是闽西，而不是江西。

我们将这部长篇政论体的报告文学，定名为《方圆密码——共和国金融之源》。此书首次通过大量确凿的史实，并以具有某种传奇色彩的真实、生动故事作为载体，深刻地揭示了红色金融的产生、发展、成熟的历程。可以这样说，此书不仅首次清晰描述红色金融之源，而且改写了中国红色金融史。

于是，这部书出版之后，得到专家以及国家金融有关部门的认可和高度重视，成为全国金融系统进行红色教育的教科书，首版发行达到 5 万册，受到读者的热烈欢迎。

政论体的报告文学，其政论的意义在于深刻、科学地揭示事物的本质，但它与学术论文等研究文章有着重要区别，它是文学。我们是用摇曳多姿的散文语言进行表述的，因此，全书既有高屋建瓴的磅礴气势，又以流畅，乃至写意的笔调，创造出具有美学意味的审美氛围。也是这部书之所以取得成功的地方。

## 意外的收获：中篇小说集
## 《群山的回响》的创作

《群山的回响》书影

我自知虚构能力并不理想，因此，虽然曾经发表过一些小说作品，并曾经在《福建文学》上发过头条，以一篇《监狱里的故事》引起人们的注意，但在创作生涯中，对于小说创作，我并不注重，而致力于散文、报告文学、电视纪录片三者的经营。中篇小说集《群山的回响》是个意外的收获。

2020年春，我和何英女士应上杭古田建设发展有限公司的盛情邀请，到上杭古田深入到大革命时期的红色基点村采风，创作了《一双筷子》等6部微电影，每部约二三十分钟，这些微电影的剧本送到北京，得到专家的很高评价。后来，因为拍摄经费无法解决，何英提议，要我利用全国抗击新冠肺炎无法外出的机会，将6部微电影剧本重新进行创作，做成读者喜闻乐见的革命故事，实际是红色题材的小说。上杭古田建设发展有限公司也欣然答应，如果成功，可作为研学读本列入选题，海峡文艺出版社同样给予鼎力支持。于是，我投入创作，并在6部电影剧本之外，增添了一个完全是新创作的中篇《红军井》。结果，7个中篇，每篇2万字左右，皆获得通过，才有了这部中篇小说集。因此，我深深感激何英女士和两个"东家"的信任。

红色题材的创作，在文坛实践了数十年，涌现了如王愿坚的《党费》等一批佳作，随着时间的推移，现代浪潮汹涌澎湃，在不少作家和作者的目光中，依稀已经老去，我开始也有同感，后来，老老实实地深入这片红色土地，深入到群众中间，就发现了这些闻所未闻的故事，让我们为之感动甚至震撼！我们觉得有点奇怪，到过这里的作家、作者以及文艺、文化工作者，应当不在少数，为什么会遗漏掉这些堪称创作瑰宝的素材呢？或许，是因为匆匆忙忙走马观花的缘故吧！我们的确有捡到稀世宝贝的喜悦，激起了强烈的创作欲望。红色题材蕴含极其丰富、厚重的思想内容和美学价值，完全是可以跨越时空的，是革命先辈用鲜血乃至生命凝聚的极为宝贵的精神财富，是具有某种经典色彩的"中国故事"。

电影故事属于文学的范畴，文学是允许虚构的。因此，这些在真人真事基础上的创作，必然遇到如何处理历史真实和文学真实这样的老问题。我在此书中是这样处理的：《一双筷子》《书生攻城》完全是真实的，我采用真名真姓，只在个别地方作了适当处理。《血色的羊角花》《无字碑》在真人真事的基础上改编创作，则采用真名和化名相结合的办法。提到真名处，是真实的，其他部分则用化名，并根据需要，进行了必要的虚构。《两个红薯》《"铁匠"》也是在真人真事的基础上进行创作的，考虑到情况特殊，全部用了化名。《红军井》属于众多人物事迹糅合型的创作方法，在地名、人物、故事上，都用虚拟。不知这样的处理方式，是否恰当，敬请专家、行家指正。

这部中篇小说集是在电影剧本的基础上重新进行改编和创作的，它保留了电影的某些元素，例如，蒙太奇式的镜头感、场面感、板块式结构等等，最重要的当然是人物故事。没有独具异彩的精彩故事，读者就看不下去。因此，故事的新颖、独特、曲折多姿，绝不重复别人，是重要的创作原则。在执笔重现这段历史的时候，我常常为之感动。我深深感谢提供真实历史故事的闽西乡亲，更感谢走进这些故事可敬可佩的革命先辈以及他们的后代们。

社会在与时俱进，文学上同样如此，只不过慢了些。但世界上总还是有不变甚至永恒存在。时间很神奇，如大浪淘沙，会淘尽人们的许多记忆甚至无数风流，但也会坚韧地考验存在的价值，就像海上阅尽风雨的礁石，无论时间的浪花怎样"咬"它，就是岿然不动。亲爱的读者，你能从中体会和感悟到红色题材的意义吗？

# 尾　声
## 我的"秘诀"

我是个业余作家，从事文学创作五十多年，终于圆了作家梦，算是一位成功者。有什么秘诀吗？

当然有的。

一辈子只做一件事。已进耄耋之年，回顾平生，犹如翻山越岭长途跋涉，在经历坎坷曲折的同时，更多的是峰回路转，春华秋实。我这一生，最值得骄傲的是，只是专心致志地做了一件事：文学创作。

文学是什么？很容易在教科书上找到标准答案，但对我来说，却是强烈的爱好、如梦如幻的理想、持之以恒的追求、勤奋不已的耕耘，然后才有喜人的丰硕收获。人生苦短，钟情文学创作的人，没有一点韧劲，没有"衣带渐宽终不悔"的精神，是很难成功的。

爱好是前提。文学需要天性，这就是爱好，有了爱好，你对优秀作品，才有感觉，才能在阅读、欣赏优秀作品过程中，在感情或心灵深处激起波澜尤其是展开想象的翅膀。几乎所有作家都是从爱好起步的，爱好—读书—引发—体验—发现—创作，这是一个作家的基本路子。爱好可以培养吗？从理论上讲可以的，但就文学创作而言，我认为主要的还是天性。天性就像磁铁，可以吸起铁等金属，但吸不起石头。没有一点爱好，没有一点文学的天分，千万不要勉强去走文学这条路。请注意，我这里讲的是天性，不是天才。人世间的确有天才，但极少，不能以此来苛求作家。

阅读是基础。我非常欣赏杜甫的一句名言："读书破万卷，下笔如有神。"读书不仅是积累广博的学识，了解世界，借鉴创作的格局和技巧，对爱好文学的人们来说，还有一个人们往往忽视的作用：读书可以触发、催生创作灵感。人的精力有限，时间更有限，选择读什么书就成为关键，我平时读些什么书呢？名家、名作且不必说，选择自己喜欢并能引起共鸣以及感动的书，是我读书的重要标准。你名声很大，甚至大到吓人的程度，我不喜欢，就不看。原因很简单，读书是和作家以及他创造的世界对话，不喜欢怎么沟通？

生活是源泉。生活犹如米，"巧媳妇难为无米炊"。此道理很简单，谁都理解。我的创作生涯中有两个很重要的意象：山和海。我是山里人，熟悉农村、农民；后来到了厦门，又和海洋为伴。传统的农耕生活和现代的海洋世界，造就了我，也成就了我。我长期在高校任教，没有中学教师学生高考的沉重压力。在职业问题上，我是尽职的，先后被评为省级优秀教师、全国优秀教师。众所周知，高校教师有相对充裕的个人空间，时间也充裕。因此，我有机会深入农村、工厂、部队甚至神秘的罗布泊核试验基地等体验生活，尤其是应邀到国家重大、重点工程去感受火热的时代氛围以及精神。创作往往是从写自己起步的，但个人经历有限，必须了解新的世界、新的人物，跟上时代的步伐，后者并不容易。

机遇特别重要。人生和文学创作都需要机遇。机遇是什么？说得通俗一点，就是运气，往往可遇不可求，文学创作更是如此。重要的是，当机遇和你擦肩而过的时候，你能否果断地紧紧抓住不放，全力以赴地突破自己，完成创作项目。我是个幸运者，我的人生和文学道路，始终洋溢着强烈的传奇色彩。我从进入文坛开始，遇到了太多前辈、朋友、同学的支持，特别让文友们惊叹不已的是，我多次遇到有点匪夷所思的奇遇。莫非，是慈悲的上苍对我厚爱有加，感念我的艰辛劳作的慷慨馈赠吗？一个作家的成功，一是天分即才华，二是生活功底，三是在实践中不断地探索和创新。我认为，还要有机遇。没有机遇，很难得到意外的成功。

从散文入门。文坛前辈秦牧先生说过一句堪称经典的老话：散文是作家的入场券。此话很有道理。散文自由、洒脱，运笔如风，行文也没有什么拘束，容易写。读鲁迅先生的《朝花夕拾》，你就可以产生这样深刻的感觉。此外，还有一个很实际的原因，全国各地的报刊，大多有副刊，用的稿件缺不了散文，发表相对比较容易。切不可小看发表这件事，尤其是初学写作者，看到自己的作品变成铅字，上了报刊，那种发自内心的喜悦，往往难以言表，不是收获一点微薄的稿费，更为重要的是信心、激励。此外，小说、报告文学、影视脚本，都是以散文作为基础以及主要表达方式的。

快乐写作。这是近些年来，教育界在作文教学中提出的新观念，其实，文学创作更是如此。文学创作源于生活，但又是对生活的超越和提升。相比较而言，文学创作比写论文有趣多了，前者是形象思维，主要诉诸感性，作品的作用是依靠审美等感人的元素感动读者的，因此，只有素材让作家感动了，写出来的作品才能感动读者。论文是抽象思维，主要诉诸理性，通过缜密的逻辑力量说清道理。两者迥然不同。文学创作并不神秘，生活中情态万千，各色人等更是让人眼花缭乱，而衍生的故事、趣事林林总总，一旦进入你的视野特别是心胸，激起你的由衷感动、感怀，令你进入物与神游的境界，如此写作，怎能不快乐呢？

贵在新的发现。人们往往佩服作家的眼睛，在一般人不容易觉察的地方，发现美感、美意更为可贵的是新意。其中的原因，就是作家基于学识、经验、感受、情怀、修养等进行观察和思考的结果。成功的作品必须有新意，文学作品向来喜新厌旧，不能重复别人，也不能重复自己。这是文学创作中的硬功夫，也是初学写作者不容易跨过的一道坎，不少作者在这道坎面前望而却步。新的发现源于何处？一是思想。文学作品是有思想的，生活中你很容易发现，有的人很会讲故事，可以说是有一肚子生动的故事，但不一定能够成为作家。主要原因就是缺乏思想，思想的作用是提炼，有了思想，才能把生活提炼出让读者为之心动的旨意，从而扣动读者的心弦。二是艺术感受能力。"感时花溅泪，恨别鸟惊心。"这就是形象的艺术感受力。对此，完全依靠平时的修炼之功。

和谐的家庭和宁静的心态。文学创作是特别讲究心情、心态的。心情不好，无法进入良好的创作状态，更不可能催生神奇的创作灵感。心情、心态和环境关系很大。对于社会大环境，我无法左右，但可以顺其自然，调整自己，保持内心的独立。对于家庭，则全靠夫妻双方的共同经营。我的爱人是我大学的同班同学，我们相互很了解，老校友赞誉我们是"神仙眷侣，文学鸳鸯"。两人同舟共济，在文学道路上，我得到最深刻的理解和最有力的支持，数十年来，始终保持着良好的创作状态，现在依然不减锐气，没有衰老的感觉，这是重要的原因。

业余作家的优势。我不乏调往报社当记者或调去当专业作家的机会，但我都主动放弃了，始终坚持当一个业余作家。我是一个教师，对自己的教学岗位可谓得心应手，尤其是我上的写作课和文学创作研究课，丰富的创作经验和在文坛上的影响，更是增添了我的自信和实力。古人云："文章只为稻粱谋。"说得通俗一点，就是写文章是为基本生存物质条件即饭碗问题用的。如果以此逻辑推论，现代作家要靠稿费吃饭，像我这样的作家，可能要被活活饿死。人人都要吃饭，但我认为，操持文学并不是为了吃饭，而是由于爱好引发的快乐。有一个固定而且待遇不错的职业，解决了生存之忧，就可以轻轻松松地进行创作。超越物质利益和诉求之上的文学创作，获得了最大的自由，成功更好，失败也无妨，岂不美哉！

以上我的几点秘诀，实际是常识。真理是朴素的，文学

作者的部分作品

创作虽然不乏神秘色彩，道理也不复杂，关键在于是否能够真正派上用场。

　　文学给我带来的不仅是成果、荣誉，更重要的是喜悦、健康。我喜欢写作，发表的作品已经远远超过千万字，且夺取多项全国大奖。每一部长篇乃至短篇，既是心血的凝聚，也是情趣横溢的旅行。因此，这本书首先是写给自己看的，自己对创作做个回顾、梳理、总结；其次是写给朋友和喜欢文学的人们看的，请大家分享我的劳动成果；如果能对爱好写作尤其是创作的人们有点启发、启示，那就谢天谢地了。

2025 年 2 月 20 日　完稿

**图书在版编目（CIP）数据**

我的作家之梦／沈世豪著 . -- 北京：作家出版社，

2025.8. -- ISBN 978 - 7 - 5212 - 3477 - 0

Ⅰ . I267

中国国家版本馆 CIP 数据核字第 2025AR5765 号

我的作家之梦

作　　者：沈世豪
责任编辑：李亚梓
装帧设计：琥珀视觉
出版发行：作家出版社有限公司
社　　址：北京农展馆南里 10 号　　　邮　　编：100125
电话传真：86 - 10 - 65067186（发行中心）
　　　　　 86 - 10 - 65004079（总编室）
**E - mail: zuojia@zuojia. net. cn**
**http: // www. zuojiachubanshe. com**
印　　刷：唐山玺诚印务有限公司
成品尺寸：142 × 210
字　　数：115 千
印　　张：5.875
版　　次：2025 年 8 月第 1 版
印　　次：2025 年 8 月第 1 次印刷
**ISBN** 978 - 7 - 5212 - 3477 - 0
定　　价：52.00 元